AF289496

Universell verbunden – Wege, die sich trafen

Alper Atay

DIR, DER DU DAS HERZ DIESES
BUCHES BIST

„Man sieht nur
mit dem Herzen gut.
Das Wesentliche ist für die Augen
unsichtbar."

Antoine de Saint-Exupéry

Vorwort

In einer Welt, in der Begegnungen entweder zufällig erscheinen oder von einer unsichtbaren Hand determiniert scheinen, entfaltet sich ein Netzwerk von Möglichkeiten, Verbindungen und Geschichten. Jeder Moment des Kennenlernens wird zum Zentrum, an dem Schicksal und Freiheit miteinander ringen. Dabei ist Freiheit ein schweres Wort, ein Begriff voller Widersprüche und Rätsel.

Inwiefern kann bei Begegnungen von Freiheit die Rede sein, wenn das Geschehene bereits feststand, als ob es unvermeidlich war und das Zukünftige ebenso in einem unsichtbaren Zusammenhang vorbestimmt scheint? Wenn wir annehmen, dass das Zukünftige bereits geschrieben ist, wird die Freiheit zur Illusion. Doch was ist eine Begegnung anderes als das Zentrum in diesem Netz – ein Moment, der Vergangenes, Gegenwärtiges und Zukünftiges verbindet? Ohne das Zukünftige, das bereits irgendwo existiert, scheint der Sinn des Gegenwärtigen zu verblassen, denn jede Begegnung trägt in sich eine Spur des Kommenden. Gibt es Freiheit in diesem Gefüge, das wir System nennen? Oder ist es nichts weiter als eine unaufhaltsame Kette von Ursachen und Wirkungen, der wir unterworfen sind, während wir uns einreden, selbst Einfluss darauf zu haben? Vielleicht ist das, was wir als „System" bezeichnen, nicht mehr als ein Rahmen, den wir uns geschaffen haben, um die Illusion von Kontrolle und Freiheit aufrechtzuerhalten. Wenn alles, was passiert, nur eine Folge von dem ist, was vorher geschehen ist und unsere

Entscheidungen bereits durch eine unaufhaltsame Kette von Ursachen bestimmt sind, dann ist Freiheit vielleicht nur eine Illusion – ein Gedankenspiel, das wir uns machen, um uns nicht wie Spielbälle der Ereignisse zu fühlen.

Der Begriff „Begegnung" ist das beste Beispiel dafür, wie Freiheit und Determination ineinandergreifen. Eine Begegnung scheint auf den ersten Blick etwas Zufälliges zu sein – ein unerwartetes Aufeinandertreffen von Leben, Geschichten und Möglichkeiten. Doch je länger man darüber nachdenkt, desto mehr zeigt sich, dass jede Begegnung eingebettet ist in ein Netzwerk von Umständen, Entscheidungen und Entwicklungen, die sie fast unvermeidlich machen. War es Zufall, dass sich zwei Wege kreuzten, oder war es das Ergebnis einer langen Kette von Ereignissen, die diesen Moment herbeiführten?

Eine Begegnung entsteht nicht im leeren Raum. Sie ist geprägt von den Orten, die wir aufsuchen, den Entscheidungen, die wir treffen und sogar von den Zufällen, die vielleicht gar keine sind. Dennoch gibt uns eine Begegnung das Gefühl von Freiheit. Sie eröffnet Möglichkeiten, verändert Perspektiven und lässt uns glauben, dass wir unser Leben in diesem Moment neugestalten können. Vielleicht liegt die wahre Freiheit in der Begegnung nicht darin, dass wir sie kontrollieren oder herbeiführen können, sondern darin, wie wir auf sie reagieren.

Denn unabhängig davon, ob Zufall oder Schicksal die Begegnung herbeigeführt hat, liegt es in unserer Hand, aus jeder Begegnung eine Geschichte zu machen – eine, die uns verändert, verbindet und in das Universum der menschlichen Erfahrungen einbindet. Hier entsteht eine Welt, die universell verbunden ist: durch die Wege, die sich kreuzen, durch die Augenblicke, die unser Leben formen und durch die Geschichten, die sich fortschreiben, lange nachdem die Begegnung vorüber ist.

Wenn man jede Begegnung eines Menschen verfassen würde, entstünde eine Vielzahl aus unzähligen Momenten – flüchtigen Blicken, tiefen Gesprächen, schicksalhaften Zusammenstößen und scheinbar belanglosen Interaktionen. Jede Begegnung, ob groß oder klein, würde eine Spur hinterlassen, ein Detail hinzufügen, das die Erzählung des Lebens erst vollständig macht. Selbst die kürzesten und unscheinbarsten Kontakte könnten rückblickend, von ungeahnter Bedeutung sein – ein flüchtiges Lächeln, das Hoffnung schenkte, oder ein zufälliges Gespräch, das eine Idee zündete.

Der Tod kann als die letzte große Begegnung in unserem begrenzten Leben wahrgenommen werden – eine Begegnung, die unausweichlich und zugleich zutiefst bedeutsam ist. Auch in diesem Werk wird der Tod eine Rolle spielen, nicht nur als Abschluss, sondern als ein Tor zu neuen Perspektiven. Doch eine weitere Frage lässt sich hier in dem Raum werfen: lassen sich Begegnungen vollständig erfassen?

Jede Interaktion trägt nicht nur die sichtbare Handlung in sich, sondern auch die unsichtbaren Gedanken, Emotionen und Kontexte, die sie begleiten.

Begegnungen leben nicht nur in den Momenten, in denen sie geschehen, sondern auch in den Erinnerungen und Interpretationen, die wir ihnen später zuschreiben. Darüber zeigt sich, wie vernetzt das Leben ist. Jede Begegnung ist nicht nur eine Geschichte über einen Menschen, sondern auch über die Menschen, die ihn umgeben und die Welten, die sie mit ihm teilen. Es ist ein Archiv – ein lebendiges Zeugnis davon, wie sehr das Leben eines Einzelnen Teil eines größeren Ganzen ist. Wenn man jede Begegnung niederschreiben würde, wäre es nicht nur die Geschichte eines Lebens. Es wäre die Geschichte der Menschheit, erzählt aus der Perspektive eines einzigen, einzigartigen Blickwinkels.

Dieses Werk soll verdeutlichen, wie bestimmte Begegnungen auf eine gemeinsame und oft unsichtbare Weise miteinander interagieren und somit einen bedeutenden Beitrag zur Entfaltung einer vollständigen Erzählung leisten. Es zeigt, dass jede Begegnung, sei sie bewusst oder zufällig, Teil eines größeren Netzwerks von Verbindungen ist, die miteinander verwoben sind und das Bild eines Lebens formen. Diese Begegnungen sind nicht isoliert, sondern beeinflussen sich gegenseitig, tragen zusammen zur Entstehung von Geschichten bei und schaffen eine komplexe, vielschichtige Erzählung, die weit über den einzelnen Moment hinausgeht.

Begegnung mit dem Leben

Die erste Begegnung eines Menschen ist mit jenen, die uns das Leben schenken. Mit einem Schrei treten wir in diese Welt, ahnungslos, wie unwahrscheinlich und kostbar dieses Ereignis ist. Millionen von Faktoren mussten perfekt zusammenspielen, damit genau wir in diesem Moment vor den Menschen stehen, die uns das Leben ermöglicht haben. Es ist ein stilles Wunder, dem wir uns erst später bewusstwerden – ein Zusammenspiel von Zufall, Schicksal und Liebe, das den Beginn unserer Reise markiert. Der Beginn einer Reise, vor noch tausenden von Begegnungen, wobei einige dieser kaum spürbar an uns streift und weiterzieht. Andere hingegen hinterlassen tiefe Spuren, verändern unsere Richtung und formen, wer wir sind.

Da ist der Arzt, der uns behutsam in seine Hände nimmt, uns reinigt, unseren ersten Atemzug prüft. Seine Berührung ist oft die erste, die wir erfahren, ein leiser Übergang von der Dunkelheit des Mutterleibs in das Licht der Welt. Interessanterweise werden wir diesen Menschen, der uns in diesem entscheidenden Moment begleitet hat, sehr wahrscheinlich nie wiedersehen. Und doch verbindet uns etwas mit ihm – etwas Unsichtbares, aber Bedeutendes. Es ist die Erinnerung, die unser Körper und unser Sein bewahren, auch wenn unser Verstand sie nie bewusst fassen kann. Er war der erste, der uns in dieser Welt berührt hat, der uns willkommen hieß, ohne uns zu kennen. Eine flüchtige Begegnung und doch ein unauslöschlicher Teil unserer Geschichte.

Dann ist da unsere Mutter, die uns nach der Geburt an ihre Brust zieht, deren Wärme und Herzschlag uns vertraut vorkommen, obwohl wir sie noch nie bewusst gesehen haben.

Und der Vater, der uns möglicherweise zum ersten Mal voller Ehrfurcht ansieht, eine Verbindung spürend, die weder Worte noch Zeit braucht, um tief zu sein. Dieser Mann, der Jahrzehnte damit verbracht hat, eine harte Schale zu entwickeln, sich den Herausforderungen des Lebens zu stellen und Stärke zu zeigen, hält plötzlich ein winziges Wesen in seinen Händen – ein Baby, für dessen Existenz er selbst gesorgt hat. Und in genau diesem Moment, während er uns ansieht, schmilzt jede noch so harte Schale dahin. All der Schutz, den er um sich herum aufgebaut hat, wird bedeutungslos und was bleibt, ist pure, unverfälschte Wärme. Es ist eine Wärme, die aus der Tiefe seines Herzens kommt, eine Zärtlichkeit, die ihn überwältigt und die ihn mehr verändert, als er es je für möglich gehalten hätte.

Doch in all dem gibt es noch eine weitere Begegnung, die oft übersehen wird: die mit uns selbst. Streng genommen begegnen wir in diesem Moment auch unserem eigenen Dasein – als eigenständige, atmende Wesen. Es ist der Anfang einer langen Reise der Selbsterkenntnis, der erste Schritt hin zu dem, was wir einmal sein werden. Sich selbst zu begegnen bedeutet, den ersten bewussten Kontakt mit dem eigenen Sein zu erfahren, auch wenn wir das in diesem frühen Moment noch nicht begreifen können. Es ist der Augenblick, in dem wir von einem Teil eines Ganzen – eingebettet in die schützende Hülle unserer Mutter –

zu einem eigenständigen Individuum werden. Unser Körper beginnt zu atmen, unser Herz schlägt im eigenen Rhythmus und wir nehmen unbewusst unseren Platz in der Welt ein. Diese erste Begegnung mit uns selbst ist mehr als nur der Beginn unseres physischen Lebens. Sie ist der stille Auftakt zu einem fortwährenden Dialog, den wir mit unserem Innersten führen. Im Laufe unseres Lebens werden wir versuchen, uns selbst zu verstehen, unsere Stärken und Schwächen zu erkennen, Träume zu verfolgen und mit Zweifeln zu ringen.

Sich selbst zu begegnen ist kein einmaliger Moment, sondern ein fortlaufender Prozess – ein ständiges Entdecken und Hinterfragen dessen, wer wir sind und wer wir sein möchten. Dabei stellt sich die faszinierende Frage, ob wir am Ende unseres Lebens tatsächlich die Person geworden sind, die wir sein wollten, oder ob wir lediglich das Produkt all dessen sind, was uns widerfahren ist?

Interessant ist dabei, inwieweit wir selbst Einfluss darauf haben, wer wir als Produkt unserer Erfahrungen werden. Anders als bei anderen Menschen, denen wir im Leben begegnen, können wir uns selbst nicht entkommen. Wir tragen unsere Gedanken, Gefühle und Entscheidungen immer mit uns, ob wir wollen oder nicht. Diese Begegnung fordert uns heraus, Verantwortung für unser eigenes Sein zu übernehmen und uns mit unserer Unvollkommenheit, ebenso wie mit unserem Potenzial auseinanderzusetzen. Doch genau darin liegt auch die Schönheit dieser Begegnung. Denn je besser wir uns selbst kennenlernen, desto mehr können wir verstehen, was uns wirklich antreibt und was uns glücklich macht. Sich selbst zu begegnen heißt, das Fundament für alle anderen Begegnungen in unserem Leben zu legen. Es ist die Grundlage dafür, Beziehungen aufzubauen, Liebe zu empfinden und ein authentisches Leben zu führen – ein Leben, das aus der tiefen Erkenntnis entspringt, wer wir wirklich sind.

Doch darum geht es in diesem Moment nicht – in diesem kleinen Krankenhauszimmer, in dem wir unseren ersten Atemzug gemacht und die Welt betreten haben. Wir sind in der Welt angekommen, die auf uns gewartet hat – eine Welt voller Leben, die wir mit unseren Gedanken, Hoffnungen, Erlebnissen, Liebe und vor allem mit unserem eigenen Leben füllen werden. Damit beginnt eine Reise – eine Reise zu den Menschen, die uns begleiten werden, eine Reise zu denjenigen, die uns lieben und die wir lieben werden. Es ist aber vor allem eine Reise zu uns selbst, zu der Person, die wir sind und die wir werden (können).

Begegnung mit der Familie

Raus aus dem Krankenhaus, hinein in die Welt, die darauf wartet, von uns entdeckt zu werden. Eine Welt, die lange vor uns existiert hat, mit uns weiterbestehen wird und auch nach uns ihre Wege gehen wird. Im Auto, auf dem Weg nach Hause, sitzen unsere Eltern – glücklicher als je zuvor. Neben ihnen liegen wir, sicher eingekuschelt, noch ahnungslos gegenüber dem Leben, das vor uns liegt. Während das Auto die Straßen entlangfährt, breitet sich in ihrem Herzen eine Mischung aus Freude, Stolz und Hoffnung aus.

Zuhause wartet bereits alles auf uns. Ein kleines Bett, das seit Monaten bereitsteht, sorgfältig ausgewählt, um unsere ersten Nächte in dieser neuen Welt zu begleiten. Ein Zimmer, das mit liebevoller Sorgfalt eingerichtet wurde, die Wände frisch gestrichen in Farben, die Ruhe und Wärme ausstrahlen sollen. Jede Kleinigkeit wurde durchdacht, jedes Detail zeigt, wie sehr man uns erwartet hat.

Doch es wartet noch mehr. Im Haus gibt es Stimmen und Schritte, die nicht die unserer Eltern sind. Es sind die Geschwister, die ungeduldig darauf warten, uns zum ersten Mal zu sehen. Für sie ist es eine Mischung aus Wunder und Rätsel – ein kleines Wesen, das ihr Leben verändern wird, ohne dass sie genau wissen, wie. Als wir schließlich ankommen, treten wir in eine Welt voller Vorfreude ein. Kleine Hände berühren vorsichtig unsere winzigen Finger, neugierige Augen blicken in das schlafende Gesicht. Es ist eine erste Begegnung voller Zärtlichkeit,

Staunen und einer Verbundenheit, die wachsen wird. Noch weiß man nichts von den Spielen, den Streitigkeiten und den Momenten des Zusammenhalts, die vor uns liegen.

Doch in diesem Augenblick, in dem unsere Welten sich kreuzen, wird etwas geboren, das bleibt: eine Geschwisterliebe, die von Anfang an da ist, still und tief, wie ein Fluss, der sich seinen Weg sucht.

Behutsam werden wir in das kleine Bettchen gelegt, das mit weichen Decken und einem Hauch von Neugeborenenduft wartet. Die Eltern, erschöpft, aber glücklich, verlassen leise das Zimmer, während die Geschwister noch einmal neugierig einen Blick werfen, als könnten sie nicht genug von diesem neuen kleinen Wesen bekommen, das nun Teil ihrer Welt ist.

Im Wohnzimmer sinken die Eltern in die Polster der Couch, die Anspannung der letzten Tage langsam von ihnen abfallend. Gemeinsam mit den Geschwistern sprechen sie über die Erlebnisse im Krankenhaus – die Stunden des Wartens, die Erleichterung nach der Geburt und die ersten Momente.

Die Mutter erzählt vom ersten Schrei, vom winzigen Gewicht des Körpers, das sie zum ersten Mal in den Armen hielt.

Der Vater beschreibt, wie er sich fühlte, als er das kleine Wesen das erste Mal sah – überwältigt von einer Liebe, die er so noch nie empfunden hatte. Ein Gefühl, das ihn völlig unerwartet traf, so rein und intensiv, dass es ihn beinahe sprachlos machte. Doch tief in seinem Inneren regte sich auch eine Frage, die er sich selbst kaum zu stellen wagte: Ist das wirklich Liebe?

Denn der Vater, der in seinem Leben niemals echte Zuneigung oder Wärme erfahren hatte, für den Worte wie Liebe oft leer und bedeutungslos wirkten, stand nun vor einem Empfinden, das ihm fremd war. Mit 35 Jahren, nach einem Leben voller Distanz und einer harten Schale, war es schwer zu wissen, ob das, was er fühlte, tatsächlich die Liebe war, von der seine Freunde und Bekannten immer wieder sprachen. Eine Liebe, die er in Erzählungen gehört hatte, aber nie wirklich verstehen konnte. Aufgewachsen in Gegenden, die kein Kind jemals sehen sollte – Orte, die von Härte, Entbehrung und Kälte geprägt waren. Aufgewachsen mit einer Erziehung, die härter war, als es selbst Soldaten ertragen müssten, lernte dieser Vater früh, Gefühle zu unterdrücken und sich mit einer unerschütterlichen Fassade zu wappnen. Er weiß, wie schwer es ist, die Schatten der Vergangenheit hinter sich zu lassen. Wie die Erinnerungen an harte Worte und leere Umarmungen sich in das Herz graben und einen glauben lassen, dass es keinen Raum für Zärtlichkeit gibt. Ein Vater, der niemals an ihn glaubte und eine Mutter, die zwar Liebe schenkte, aber in nichts Zufriedenheit fand – das war sein Alltag, geprägt von Erwartungen, die nie erfüllt werden konnten und einem ständigen Gefühl, nicht genug zu sein.

Doch jetzt, in diesem Augenblick, mit dem Leben, was in dem Zimmer schläft, schien sich ein Spalt zu öffnen. Zum ersten Mal fragte er sich, ob Liebe vielleicht nicht etwas ist, das man erklärt bekommt oder lernt, sondern etwas, das mit der richtigen Begegnung einfach geschieht. Er will ein Vater sein, der nicht von Härte bestimmt wird, sondern von Wärme. Ein Vater, der Liebe nicht nur spürt, sondern sie zeigt, auch wenn es ihm fremd und unsicher erscheint. Er weiß, dass dieser Weg nicht leicht sein wird. Alte Gewohnheiten und tief verwurzelte Unsicherheiten werden ihn begleiten, doch mit jedem Blick auf dieses kleine Wesen in seinen Armen wächst sein Wille, es besser zu machen.

Der Familie sagend, dass er auf die Toilette müsse, verlässt er leise das Wohnzimmer. Doch anstatt den Weg dorthin zu nehmen, lenken ihn seine Schritte zu dem Zimmer seines Kindes. Es ist ein unbewusster Drang, eine stille Sehnsucht, die ihn dorthin zieht. Er öffnet die Tür so leise, dass nicht einmal das leise Knarren der Scharniere den Schlaf des kleinen Wesens stört. Dort steht er nun, an der Schwelle und betrachtet das winzige Leben, das ruhig in seinem Bettchen schläft. Die kleine Brust hebt und senkt sich in gleichmäßigem Rhythmus, ein Klang, der für ihn wie ein sanftes Versprechen klingt. Es ist, als würde die Zeit in diesem Raum stillstehen, als gäbe es nichts anderes auf der Welt als diesen Augenblick.

Er lässt seine Augen über das kleine Gesicht wandern, über die zarten Wimpern, die geschlossenen Augenlider, die winzige Nase. Es ist, als würde er versuchen, sich jede Einzelheit einzuprägen, als wolle er diesen Moment für immer bewahren. In seinem Inneren tobt eine Flut von Gefühlen. Stolz mischt sich mit einer tiefen, fast schmerzhaften Liebe und dazwischen schleicht sich eine leise Unsicherheit ein. Bin ich diesem Leben gerecht? Kann ich der Vater sein, den dieses Kind verdient?

Doch diese Zweifel verblassen schnell, überlagert von dem festen Entschluss, es zumindest zu versuchen – mit all seiner Kraft und allem, was er geben kann. Mit jedem Atemzug, den das Kind nimmt, wächst in ihm ein neues Gefühl. Es ist mehr als Hoffnung – es ist ein leises Versprechen an sich selbst. Ein Versprechen, dass er die Ketten der Vergangenheit sprengen will, dass dieses Leben, das nun in seiner Verantwortung liegt, von all den Dingen geprägt sein wird, die er selbst nie hatte: Geborgenheit, Liebe und unerschütterliches Vertrauen. Er lehnt sich schließlich zurück, seine Hände ruhen auf den Knien und er flüstert kaum hörbar: *„Willkommen in dieser Welt, mein Kleiner. Ich verspreche dir, ich werde alles tun, damit sie ein guter Ort für dich ist."*

Es sind einfache Worte, aber sie tragen das Gewicht eines ganzen Lebens, eines Mannes, der bereit ist, über sich hinauszuwachsen. Mit einem letzten Blick auf das friedlich schlafende Kind erhebt er sich und verlässt den Raum so leise, wie er gekommen ist, das Herz schwer vor Emotionen, aber auch erfüllt von einem neuen Sinn, den er bis zu diesem Moment nicht gekannt hatte.

Was er nicht wusste, war, dass seine Frau die ganze Zeit über vom Türschlitz aus zuschaute. Sie hatte das leise Geräusch seiner Schritte gehört, wusste, dass er das Zimmer ihres Kindes betreten würde und spürte, wie sich ein unsichtbares Band zwischen ihm und dem kleinen Wesen spannte. Sie kannte die Schatten der Vergangenheit, die ihren Mann begleiteten – die Kälte, die er immer zu verbergen versuchte und die Mauern, die er um sich gebaut hatte, um nicht zu fühlen. Doch sie wusste auch, dass hinter dieser harten Fassade ein weiches Herz schlummerte, das er noch nie richtig zugelassen hatte, nicht einmal sich selbst gegenüber. Sie hatte die Zärtlichkeit in seinem Blick gesehen, als er das Kind betrachtete, die sanfte Art, wie er sich dem kleinen Körper näherte, ohne ihn zu berühren. Sie hatte auch die Unsicherheit in seinen Augen erkannt, den leisen Zweifel, ob er diesem Moment gerecht werden konnte, ob er der Vater sein würde, den das Kind brauchte.

Und sie wusste, dass er, genau wie sie, von der Vergangenheit geprägt war – einer Vergangenheit, in der Liebe oft nicht das war, was man empfand, sondern was man überlebte. Sie wollte ihm nicht ins Gesicht sehen, nicht eingreifen, sondern ihm erlauben, auf seine eigene Weise zu erkennen, was er zu geben hatte. Ihre Wärme wollte sie nicht direkt zu ihm bringen, sondern sie wollte, dass er sie spürt, als würde sie von Tür zu Raum hinüberfließen, sanft und unaufdringlich, wie ein unsichtbares Band.

Denn auch sie war aufgewachsen in einer Welt, die von Widersprüchen geprägt war. Ihre Mutter hatte sie geliebt, auf eine sanfte, behütende Art, die sie tief in ihrem Herzen fühlte. Doch ihr Vater hatte ihr nie die Wärme geschenkt, die sie sich so sehr wünschte. Stattdessen spürte sie oft die Kälte seiner

Verachtung, eine Ablehnung, die in seinen Blicken lag, in seiner Stille, die mehr sprach als tausend Worte. Es war, als sei sie immer die Unvollständige in seinen Augen gewesen, die Tochter, die nie den Erwartungen gerecht werden konnte, die er an sie hatte –

Erwartungen, die sie nie vollständig verstand, aber immer wieder versuchte zu erfüllen. Aufgewachsen in einer Welt, die von Hass, Wut und Gewalt geprägt war, hatte sie die Wärme und Geborgenheit, die Kinder eigentlich verdienen, nie wirklich gekannt. Die Gegend, in der sie lebte, war von Entbehrung und Verzweiflung durchzogen, eine Welt, in der das Leben ein täglicher Überlebenskampf war. In einer Zeit, in der Hoffnung oft nur ein ferner Traum war, gab es keinen Raum für Träume oder Kindheit. Stattdessen war jeder Tag von der harten Realität überschattet – einer Realität, die von den Wutausbrüchen eines Vaters beherrscht wurde, dessen Liebe in Formen von Zorn und körperlicher Gewalt ausgedrückt wurde. Die Schläge, die nicht nur den Körper trafen, sondern auch die Seele, hinterließen Narben, die nie wirklich heilten. In ihrem Zuhause war Zuneigung ein Fremdwort und die Worte, die sie hörte, waren selten die, die ein Kind von seinem Vater erwarten würde. Liebe war keine sanfte Geste, sondern eine Geste der Kontrolle und der Furcht, geäußert in der Stille zwischen den Konflikten, in den Momenten, in denen der Vater sich nicht zu Wort meldete. Und dennoch war es die Sehnsucht nach dieser unerreichbaren Liebe, die sie nie losließ. Diese stille Hoffnung, dass der Vater sie eines Tages sehen würde, dass er sie eines Tages wirklich lieben könnte, war das, was sie antrieb, auch wenn sie tief in ihrem Inneren wusste, dass sie vielleicht niemals die Anerkennung finden würde, nach der sie sich so sehr sehnte. Von Schmerzen durchzogen, von der ständigen Angst, den nächsten Schlag zu erhalten oder die nächste harte Bemerkung zu hören. Sie konnte nicht fliehen, nicht aus dieser Welt, die sie wie ein enges Gefängnis umschloss. Ihre Träume waren in den Händen eines Mannes, der nur seine eigene Enttäuschung und Wut kannte und es schien keinen Ausweg zu geben. Ihre Schulzeit wurde früh und brutal unterbrochen, bevor sie die Chance hatte, zu träumen oder ihre Fähigkeiten zu entfalten. Bildung war für sie ein Privileg, das ihr verweigert wurde – ein Luxus, den sich nur diejenigen leisten konnten, die in der Lage waren, zu entscheiden, was mit ihrer Zukunft geschah. Stattdessen war sie zu Hause gefangen, die Räume des Hauses wurden zu ihren einzigen Welten und ihre Bildung war auf das beschränkt, was sie in den wenigen Momenten außerhalb des Hauses aufgeschnappt hatte. Ihre Träume, die einmal weit, weit wie der Horizont vor einem Kinderspielplatz schienen, wurden immer mehr eingeengt. Ein Beruf – eine eigene Lebensgestaltung – war für sie keine Möglichkeit, sondern ein ferner Gedanke, der keine Gestalt annehmen konnte. Ihr Schicksal war von Anfang an festgelegt, durch die Entscheidungen, die andere für sie getroffen hatten und von denen sie wusste, dass sie niemals entkommen würde. Der Vater, der sie in seinen Händen hielt, bestimmten ihr Leben. Ihre Wünsche und Hoffnungen waren nicht ihre eigenen, sondern die eines Mannes, dessen Vorstellung von Familie und Zukunft sie weder verstand noch jemals hinterfragen durfte. In seiner Welt gab es keinen Raum für ihre eigene Meinung, ihre eigenen Wünsche. Was er sagte, war Gesetz. Die Liebe, die sie für ihn empfand, war nie genug, um das Band zu durchbrechen, das ihn an ihre Träume und Ambitionen legte. In den Augen des Vaters war sie kein Individuum mit eigenen Rechten und Bedürfnissen – sie war lediglich ein Teil des großen Plans, den er für ihre Zukunft entworfen hatte. Der Gedanke, dass sie eines Tages jemanden heiraten würde, war nicht ihrer Wahl überlassen. Es war eine Entscheidung, die der Vater traf – der Mann, der sie nach seiner Vorstellung „auserwählte", als ob sie eine Ware auf dem Markt des Lebens war, die nach seinen Kriterien bewertet wurde. Der Mann, den sie einmal heiraten würde, war niemals der, den sie selbst gewählt hätte, denn die Wahl, diese Freiheit, war ihr nicht zugestanden worden. Sie war für den Vater immer das, was er aus ihr machen wollte und diese Entscheidung nahm sie wie eine Last, die sie nicht abwerfen konnte. Auch die Vorstellung, dass sie sich nach ihren eigenen Vorstellungen mit jemandem anfreunden oder verlieben könnte, war eine Utopie, die mit der Realität, in der sie lebte, nichts zu tun hatte.

Die Jahre vergingen und ihre Wunden, sowohl die sichtbaren als auch die unsichtbaren, begleiteten sie auf jedem Schritt. Doch mit jedem Jahr wuchs auch die Erkenntnis, dass sie trotz allem nicht zerbrochen war. Irgendwo in den Tiefen ihres Herzens hatte sie etwas bewahrt: die Fähigkeit zu lieben, zu fühlen und zu hoffen. Auch wenn es schwer war, auch wenn es schmerzte – sie wusste, dass sie eines Tages etwas anderes für sich und ihre Familie schaffen wollte. Sie wollte ihrem eigenen Kind etwas geben, das sie selbst nie bekommen hatte: ein Zuhause, das von Liebe und Wärme erfüllt war. In diesem Wissen lag ihre Stärke.

Trotz der Dunkelheit ihrer Vergangenheit wusste sie, dass sie die Kraft hatte, einen anderen Weg zu gehen, einen Weg, der ihren Kindern die Freiheit gab, zu träumen und zu wachsen, ohne die Last der Schläge und des Hasses.

Und genau diese Stärke trug sie in sich, als sie begann, mit ihrem Mann zusammen diese neue Familie zu erschaffen, in der sie der Vergangenheit nicht mehr entkommen musste, sondern in der sie sich von ihr befreien konnte. Jetzt, als sie ihren Mann dort im Zimmer des Kindes stehen sah, konnte sie so vieles von ihm verstehen. Sie sah die gleiche Unsicherheit, die auch sie gekannt hatte – das Gefühl, nicht ganz zu wissen, wie man lieben sollte, wenn man nie wirklich gelernt hatte, was Liebe in ihrer reinsten Form bedeutet. Doch es war auch in diesem Moment zu spüren, dass er etwas Neues lernte, dass er auf einer Reise war, die sie vielleicht nie vollständig verstanden hätte, wenn sie nicht selbst diesen Weg gegangen wäre. Sie sah in ihm die gleichen Ängste und Hoffnungen, die auch in ihr wohnten – das Streben nach etwas, das sie niemals ganz erfahren hatten, aber dass sie nun für ihr Kind schaffen wollten. Ihre eigenen Erfahrungen, die Narben der Kindheit, hatten sie stärker gemacht, hatten sie gelehrt, dass Liebe nicht immer nur die großartigen Momente sind, sondern auch die stillen, die unbemerkten, die Momente der Nähe, wenn niemand zusieht.

Und genau wie er hatte auch sie den Entschluss gefasst, dem Kind die Liebe zu geben, die sie selbst nie gekannt hatte – bedingungslos, ohne Erwartungen, einfach aus dem Wissen heraus, dass Liebe der größte Schutz ist, den sie einem Menschen bieten können.

In der Stille der Nacht, in der Nähe ihres Mannes, wusste sie, dass dieser Augenblick der Beginn von etwas Größerem war – nicht nur für ihr Kind, sondern auch für sie beide. Gemeinsam würden sie die Schatten der Vergangenheit hinter sich lassen und die Liebe neu entdecken, auf ihre eigene Art, auf ihre eigene Weise. Und mit dieser Liebe würde auch ihre Familie wachsen. Denn letztlich ist Familie nicht nur das, was wir empfangen, sondern auch das, was wir bereit sind zu geben.

Begegnung mit der frühen Schule

Und so vergehen die Jahre, die wir nur noch in vagen Umrissen in unseren Gedanken finden. Es sind die Jahre der frühen Kindheit, in denen unsere Erinnerungen noch unscharf und flüchtig sind, verborgen hinter den Schleiern der Zeit. Doch mit dem Beginn der Schulzeit, dem Eintritt in eine neue Phase des Lebens, erwachen die ersten klaren Erinnerungen. Erinnerungen, die uns ein Leben lang begleiten und die sich tief in unser Gedächtnis eingraben. Es ist der Moment, in dem wir erstmals vielen anderen Menschen begegnen, die denselben Weg wie wir eingeschlagen haben. Kinder, die vor wenigen Jahren das Licht der Welt entdeckten, stehen nun nebeneinander – alle im gleichen Raum, alle mit dem gleichen Ziel vor Augen: Bildung.

Es ist das erste Mal, dass wir uns als Teil einer größeren Gemeinschaft erfahren, als Teil einer Gruppe, die gemeinsam den gleichen Weg geht, um zu lernen, zu wachsen und zu verstehen. In dieser Welt der Schule gibt es keine Unterschiede, die wichtiger wären als das Streben nach Wissen. Es spielt keine Rolle, welche Hautfarbe wir haben, welche Sprache wir sprechen oder welche motorischen Fähigkeiten wir besitzen. In diesem Raum zählen nur die Fragen, die Neugier und der Wille, zu lernen. Jeder bringt seine eigene Geschichte, seine eigenen Erfahrungen und Perspektiven mit und doch sind wir alle durch den gleichen Auftrag vereint – zu lernen, zu verstehen, uns weiterzuentwickeln und miteinander zu wachsen.

Die Schule wird zum Spiegelbild der Gesellschaft, einem Ort, an dem wir lernen, wie wir mit anderen interagieren, wie wir uns einfügen und uns als Individuen gleichzeitig auch als Teil eines Ganzen begreifen. Hier treffen Kulturen aufeinander, hier wachsen Freundschaften und hier lernen wir, wie wir gemeinsam stark sein können. Es sind die ersten Erfahrungen, die uns prägen – der erste Schulfreund, der erste Konflikt, der erste Erfolg. Diese Erinnerungen sind nicht nur die Bausteine unserer schulischen Entwicklung, sondern auch die Grundsteine unserer sozialen und emotionalen Reifung.

Und so wird die Schulzeit zu einem unvergesslichen Kapitel in unserem Leben, in dem wir nicht nur Wissen erwerben, sondern auch lernen, wer wir wirklich sind und wer wir in der Welt sein wollen. Die einen beginnen ihren Schulweg mit einem Gefühl der Unbeschwertheit, gehen morgens mit einem Lächeln aus dem Haus und kehren nach einem erfolgreichen Schultag mit guten Noten und ohne Sorgen wieder Heim. Für sie scheint die Schulzeit eine Zeit des Wachstums und des Lernens zu sein, begleitet von einem Zuhause, das ihnen den Rückhalt und die Sicherheit gibt, die sie brauchen.

Ihre Eltern unterstützen sie, fördern ihre Träume und bieten ihnen die Freiheit, sich zu entfalten und ihre Welt zu entdecken.

Andere hingegen erleben den Schulbeginn nicht mit diesem Gefühl der Leichtigkeit. Für sie ist der Weg zur Schule nicht nur eine Reise zu neuen Erkenntnissen, sondern auch eine Auseinandersetzung mit den Herausforderungen, die zu Hause warten. Ihre Eltern kämpfen mit finanziellen Sorgen, mit Belastungen, die sie oft vor den Kindern verbergen müssen, um ihre Last nicht weiterzugeben. In ihren Haushalten sind die Sorgen oft greifbar – sei es der Druck, den Lebensunterhalt zu sichern, oder die Unsicherheit, was die Zukunft bringt. Diese Kinder tragen oft mehr als nur den Schulranzen – sie tragen die Ängste und Hoffnungen ihrer Eltern und manchmal auch die Verantwortung für ihre eigenen Träume.

Und genau hier beginnt die nächste Reise – eine Reise, die nicht nur von Schulbüchern und Klassenzimmern bestimmt wird, sondern auch von den unsichtbaren Lektionen des Lebens, die weit über den Lehrplan hinausgehen.

Die Morgende beginnen und mit ihnen die Fragen: was bedeutet es, ein Teil dieser Welt zu sein? Wie kann man wirklich lernen, wenn der Kopf von Sorgen überflutet ist, die sich nicht in Noten fassen lassen? Es ist der Moment, in dem das Kind erkennt, dass das Leben mehr von einem verlangt als nur die bloße Befriedigung des Wissensdurstes. Es fordert, dass man den Mut hat, sich selbst zu hinterfragen, die eigenen Werte zu entdecken und eine Welt zu begreifen, die nicht nur in Worten und Zahlen messbar ist.

Doch trotz all dieser Fragen und Überlegungen sieht die Realität des Alltags ganz anders aus. Der Alltag in der Schule ist nicht von kreativer Entfaltung und freiem Denken geprägt, sondern von festen Regeln, Strukturen und Erwartungen. Anstatt Raum für individuelle Entfaltung zu bieten, dreht sich vieles um

Leistungsdruck und das Streben nach guten Noten. Der Stundenplan ist voll mit Fächern, die sich scheinbar nur nach den gleichen Mustern wiederholen – Formeln, Vokabeln, Aufgaben und Tests. Die Kreativität, die der Geist zu Beginn mitbringt, scheint oft in einem Meer aus Pflichtaufgaben und Prüfungsangst unterzugehen. Es beginnt nicht erst im späteren Leben, nein, schon viel früher, kaum einige Jahre alt, fängt es an. Schon in den ersten Jahren, in denen wir langsam in die Welt eintauchen, beginnen die ersten Herausforderungen und die ersten Fragen, die uns die Gesellschaft stellt. Es ist nicht nur das Lernen von Zahlen und Buchstaben, sondern auch das Erlernen von Normen, Erwartungen und Verhaltensweisen, die uns aufgetragen werden.

Die kindliche Neugier wird oft schon früh durch die Anforderungen des Systems gebremst. In einem Umfeld, das von Routinen und Vorgaben geprägt ist, müssen wir uns in bestimmte Muster fügen, lernen, wie wir uns anpassen, ohne immer zu verstehen, warum. Es wird erwartet, dass wir die Sprache perfekt beherrschen, um den Anforderungen gerecht zu werden, die die Lehrkraft in ihrem Plan vor sich hat. Wer Fehler macht, wird nicht nur mit Korrekturen konfrontiert, sondern fühlt oft auch die stille Erwartung, dass man sich anpasst und schnell lernt. Fehler gelten als Schwächen, als Lücken, die es zu füllen gilt und wer diese Lücken nicht schnell genug schließt, läuft Gefahr, in den Augen der anderen, sei es Lehrer oder Mitschüler, als "weniger fähig" wahrgenommen zu werden. Es entsteht ein Klima, in dem Fehler nicht als Teil des Lernprozesses, sondern als Hindernis betrachtet werden. Genauso ergeht es einem – die Sprache wird nicht perfekt beherrscht und selbst in diesem Bereich stoßt man Hürden, die das System scheinbar nicht berücksichtigt. Man steht oft nicht auf dem gleichen sportlichen Niveau wie die Mitmenschen und Fremdsprachen erscheinen als eine Art Herausforderung, die man kaum meistern kann. Die Kreativität, die in einem brodelt, wird von den starren Grenzen des Schulalltags weit überholt und bleibt ungenutzt. Das System verlangt Anpassung, verlangt das Einhalten von Normen, die nicht immer dem natürlichen Lernweg entsprechen. Während andere sich mühelos in den vorgegebenen Bahnen bewegen, stolpern andere über die Erwartungen, die uns wie unsichtbare Mauern umgeben.

Das Bildungssystem scheint uns zu bremsen, uns in Schubladen zu stecken, in denen wir nicht wirklich zu gedeihen scheinen. Die Vielfältigkeit unseres Denkens und Handelns, unsere unterschiedlichen Stärken, bleiben oft unerkannt, da der Fokus hauptsächlich auf den standardisierten Anforderungen liegt. Kreative Ideen, die weit über das Klassenzimmer hinausgehen, werden als störend empfunden, als etwas, das von den eigentlichen Zielen ablenkt.

Und so versucht man, irgendwie voranzukommen, sich durch die Anforderungen zu kämpfen, die das System stellt, während man sich innerlich doch nie wirklich angekommen fühlt. Inmitten all dessen stößt man plötzlich auf eine Leidenschaft, etwas, das all die Unsicherheiten und Herausforderungen für einen Moment vergessen lässt – eine Sportart. Hier, auf dem Spielfeld, scheint man endlich einen Platz gefunden zu haben, an dem man sich selbst spüren kann, wo jede Bewegung, jeder Zusammenstoß, jede gewonnene oder verlorene Partie ein Teil von etwas Größerem wird. Es wird zu einer Welt, in der man nicht bewertet wird, sondern in der es auf Teamgeist, Stärke und das Miteinander ankommt. Es fühlt sich an, als hätte man einen festen Ankerpunkt gefunden, etwas, das einem Halt gibt und eine klare Richtung weist. Man beginnt zu glauben, dass diese Verbindung zur Sportart, zu den Mitspielern, zu den Zielen, die man gemeinsam verfolgt, für immer sein könnte.

Doch wie so oft im Leben zeigt sich, dass nichts von Dauer ist. Wie ein Kapitel in einem Buch, das sich nach einer Weile schließt, endet auch diese Leidenschaft nach intensiven Jahren.

Es bleibt die Erkenntnis, dass selbst die Dinge, die einem am wichtigsten scheinen, nicht immer für die Ewigkeit bestimmt sind. Man nimmt die Erinnerungen mit, die Freundschaften, die Momente des Sieges und der Niederlage, die Stunden, in denen man sich selbst überwunden hat. Aber zugleich stellt man sich die Frage: was kommt danach? Wohin führt der nächste Schritt, wenn das, was man als festen Bestandteil des Lebens ansah, plötzlich nicht mehr da ist?

Es ist ein weiterer Punkt in der Reise des Lebens, ein Moment des Loslassens und des Neubeginns, der zeigt, dass die Suche nach einem Platz, an dem man wirklich ankommen kann, weitergeht. Es fühlt sich an wie der Beginn eines neuen Kapitels, als hätte man eine Tür hinter sich geschlossen und würde nun gespannt in einen unbekannten Raum treten.

Mit diesem frischen Anfang beginnt auch die vierte Klasse – ein Jahr voller Veränderungen, neuer Herausforderungen und unbekannter Möglichkeiten. In der Klasse begegnet man neuen Gesichtern, sowohl bei den Mitschülern als auch bei den Lehrern. Jedes neue Gesicht trägt eine Geschichte, einen Einfluss, der die kommende Zeit prägen wird.

Die Lehrkräfte, jede mit ihrer eigenen Art zu unterrichten, eröffnen Welten, die vorher nicht zugänglich waren. Neue Fächer und Themen wecken Interessen, die man vorher nicht kannte, während andere Bereiche weiterhin eine Hürde bleiben. Doch das Lernen hört nicht im Klassenzimmer auf. Es dehnt sich aus auf die Pausenhöfe, die Plätze nach der Schule, die Freundschaften, die wachsen oder verblassen und die vielen kleinen Augenblicke, die erst später als bedeutend erkannt werden.

Auf den Pausenhöfen tobt ein stiller, doch erbarmungsloser Kampf – ein tägliches Kräftemessen, das keiner anspricht, aber jeder kennt. Hier gelten eigene Regeln, die oft unerbittlicher sind als die im Klassenzimmer. Es ist ein Ort, an dem sich zeigt, wer standhält und wer untergeht. Das Prinzip ist einfach und grausam: Fressen oder gefressen werden. Diejenigen, die zu sensibel oder zurückhaltend sind, werden schnell an den Rand gedrängt. Sie werden ignoriert, verspottet oder gar ausgeschlossen.

Ihre Stimmen verlieren sich im Getümmel der lauteren, stärkeren Persönlichkeiten, die den Ton angeben. Und dann gibt es jene, die weiterkämpfen, Runde für Runde, Tag für Tag, fest entschlossen, sich zu behaupten. Sie lernen, sich anzupassen, Strategien zu entwickeln und ihre Schwächen zu verbergen – manchmal sogar auf Kosten ihrer eigenen Identität.

Was wir bis zu diesem Zeitpunkt nicht begreifen, ist, dass der Pausenhof – so unschuldig und kindlich er auch wirken mag – in Wahrheit ein Spiegel der Gesellschaft ist. Er zeigt uns in seiner rohen, unverstellten Form, wie das Leben funktioniert, noch bevor wir es in Worte fassen können. Der Pausenhof bereitet uns auf das vor, was jenseits der Schulmauern auf uns wartet, oft auf eine brutal ehrlichere Weise als die Lektionen, die wir im Klassenzimmer lernen. Im Leben, so lernen wir hier, zählt nicht nur, was du weißt oder was du kannst. Es geht vielmehr darum, wer du bist, wie du dich behauptest und wie du mit anderen interagierst. Deine Fähigkeiten werden manchmal in den Hintergrund gedrängt, wenn du nicht auch Stärke, Anpassungsfähigkeit und ein Gespür für die Dynamiken um dich herum entwickelst. Der Pausenhof lehrt uns, dass Beziehungen und Netzwerke entscheidend sind, dass Loyalität und Verrat oft Hand in Hand gehen und dass nicht immer der Beste gewinnt, sondern oft der, der sich bis zum Schluss behaupten kann.

Die Jahre ziehen ins Land und so verstreichen auch die vierte, fünfte und sechste Klasse – überstanden mit einer Mischung aus Streitigkeiten, schlechten Noten und einer Menge Frust.

Doch mit jedem überstandenen Tag nähert sich die erste Etappe ihrer Vollendung. Es ist ein Abschnitt, geprägt von Kämpfen, kleinen Siegen und großen Herausforderungen, der nun endet, um einem neuen Kapitel Platz zu machen.

Der Abschied von der Grundschule bedeutet Abschied von einer vertrauten Welt, die trotz all ihrer Schwierigkeiten ein sicherer Hafen war.

Es ist der Beginn eines Weges, der in unbekannte Gefilde führt - eine Reise, die entscheiden wird, wo die Zukunft hinführt und welche Türen sich öffnen oder schließen. Dieses neue Kapitel trägt eine besondere Schwere, denn es wird von Erwartungen begleitet: Erwartungen der Familie, der Lehrkräfte und der Gesellschaft.

Aber vor allem ist es ein Kapitel voller Möglichkeiten, voller unbekannter Wege, die es zu entdecken gilt. Noch ist unklar, welche Richtung eingeschlagen wird, doch eines ist sicher: die Reise geht weiter. Mit dem Blick nach vorn und den Lektionen der Vergangenheit im Gepäck wird das nächste Ziel angesteuert - eine Welt, in der neue Begegnungen warten, die prägen und formen und die das Fundament für das bauen, was noch kommen mag.

Begegnung mit der Heimat

Heimat – ein Begriff, der so viele Dimensionen umfasst, dass er kaum zu fassen ist. Er trägt eine Vielzahl von Bedeutungen, die sich mit jedem Menschen und jeder Geschichte verändern. Schon früh wird einem beigebracht, dass Heimat der Ort ist, von dem man abstammt, der Platz, an dem die Großeltern geboren wurden, das Land, in dem die Eltern aufgewachsen sind. So wird Heimat zur abstrakten Vorstellung, die tief in einem verwurzelt ist. Man nimmt diesen Begriff an, lebt mit ihm, doch spürt man in den meisten Fällen nie wirklich, dass man angekommen ist. Heimat, wie sie einem oft gezeigt wird, fühlt sich nicht immer wie der Ort an, zu dem man gehört. Zwar ist sie der Ort, den man Jahr für Jahr besucht, der die Erinnerungen der Kindheit speichert, doch ist es nicht der Ort, an dem man sich vollständig zu Hause fühlt. Es ist der Ort, an dem man in die Geschichte der Familie eingeführt wird, doch gleichzeitig bleibt er fremd, eine Erinnerung an vergangene Zeiten, die sich mit der Gegenwart nicht immer vereinen lässt.

Und so entsteht ein Zwiespalt: Der Gegensatz zwischen Heimat, wie er einem von außen vermittelt wird und der Heimat, die man selbst für sich definieren möchte. Dieser Zwiespalt zeigt sich besonders in den persönlichen Erfahrungen, die man im Laufe seines Lebens macht. Heimat ist für einen Menschen oft nicht nur der Ort, an dem er aufgewachsen ist, sondern auch der Ort, an dem man seinen Alltag lebt, an dem man seine Ziele verfolgt, Freunde trifft und eine Identität entwickelt. Es ist der

Raum, der mit Erinnerungen und Beziehungen gefüllt ist, der Ort, an dem man sich sicher fühlt – oder auch nicht. Heimat ist etwas, das sich mit den Jahren verändert, je nachdem, wie man sich selbst verändert und in welcher Umgebung man lebt.

Was interessant an diesem Konzept der Heimat, ist, dass es zu einer Pflicht wird, einen bestimmten Ort als Heimat anzunehmen. Man wird gezwungen, bestimmte Erinnerungen zu bewahren, an bestimmten Orten zu verweilen, selbst wenn man spürt, dass sie nicht mehr zu einem passen. Diese Definition wird uns beigebracht, doch wie bei vielen Dingen im Leben, ist es nicht so einfach, sich daran zu halten.

Heimat ist nicht nur ein Begriff, der aus Traditionen oder äußeren Erwartungen besteht. Sie ist auch das, was wir selbst daraus machen und das ist oft viel komplexer, viel individueller, als es auf den ersten Blick scheint. Durch den Begriff Heimat entstehen Gespräche, die weit über das hinausgehen, was wir in alltäglichen Unterhaltungen führen. Es sind tiefgründige Dialoge, die uns herausfordern und uns mit einer Fragestellung konfrontieren, die wir vorher nie wirklich überdacht haben: wo stehe ich eigentlich und wo will ich hin?

Wenn man sich mit anderen unter vier Augen über Heimat austauscht, über den Begriff, den wir alle zu kennen glauben, dann wird einem klar, wie vielschichtig und individuell dieser Begriff sein kann. Gespräche, die sich mit der Frage beschäftigen, wie wir Heimat für uns selbst definieren, können einen bleibenden Eindruck hinterlassen. Sie hinterfragen unsere

Perspektiven, verändern unser Bild von der Welt und formen ein neues Verständnis davon, was Heimat eigentlich bedeutet.

Es beginnt oft harmlos: Ein paar Minuten nach dem Gespräch denkt man nach, sortiert die Worte, die gefallen sind und lässt sie nachwirken. Doch dann entwickelt sich dieser Gedankengang weiter. Zuerst sind es Stunden des Nachdenkens, dann Tage – und schließlich wird es zu einem immerwährenden Prozess. Man fängt an, sich selbst zu hinterfragen, beginnt, den eigenen Platz in der Welt zu suchen. Wo steht man eigentlich und was ist der Weg, den man gehen möchte?

Der Versuch, Heimat für sich selbst zu definieren, ist nicht nur ein Blick auf den Begriff als solches, sondern ein tieferer Blick auf das eigene Leben. Es ist, als ob man gleichzeitig versucht, sich selbst zu verstehen und seinen Platz in der Welt zu finden. Die Definition von Heimat wird zu einer Definition der eigenen Identität, der eigenen Geschichte, der eigenen Reise. Es ist ein innerer Prozess, der mit der Frage nach dem „Woher" und dem „Wohin" eng verknüpft ist. Sie ist vielschichtig, sie ist fließend und sie verändert sich je nach dem, wie sich auch wir verändern.

Vielleicht werden wir nie in der Lage sein, Heimat auf eine einheitliche Weise zu definieren, so wie es uns die Gesellschaft, die Tradition oder die Norm vorzugeben versuchen. Vielleicht bleibt sie immer ein Mysterium, das wir niemals vollständig begreifen können.

Vielleicht ist das aber auch das Gute daran: dass Heimat nicht festgelegt ist, dass sie nicht in ein starres Raster gepresst werden kann. Vielleicht ist Heimat kein bestimmter Ort, den man einfach finden kann, sondern ein Zustand, ein Gefühl, das immer wieder neu entsteht.

Vielleicht ist Heimat ein Gegenstand, der Erinnerungen trägt, oder ein Wort, das in uns lebendig wird. Vielleicht ist Heimat auch der Mensch, mit dem wir uns verbunden fühlen, der uns das Gefühl gibt, zu Hause zu sein.

Der Begriff Heimat wird dadurch zu etwas veränderbarem, zu etwas, das sich ständig verändert, je nachdem, mit welchen Erfahrungen und Begegnungen wir unser Leben füllen.

Auch hier, während des Schreibens über Dinge, die einen tief im Inneren bewegen, wird deutlich, wie stark und bedeutungsvoll der Begriff der Heimat ist. Heimat ist nicht nur ein Ort, den man auf einer Karte markieren kann. Sie ist weit mehr als Straßen, Gebäude oder Landschaften. Heimat ist ein Gefühl – ein warmes, vertrautes Band, das uns an Menschen, Erinnerungen und Momente bindet. Es ist das, was wir immer mit uns tragen, selbst wenn wir uns verlieren. Und während wir schreiben, denken und fühlen, wird klar: Heimat ist nicht der Ort, es ist das Gefühl, das sie zu dem macht, was sie wirklich ist – ein Teil unserer Identität, unserer Geschichte und letztlich ein Anker in dieser Welt.

Begegnung mit den Großeltern

Sie sind oft die ersten Menschen, die wir bewusst erleben, die von demselben Familienbaum stammen wie wir – Wurzeln, die tief in einer Vergangenheit verankert sind, die wir nur erahnen können. Und doch liegt etwas Rätselhaftes in der Luft, wenn wir ihnen begegnen. Sie sind uns vertraut und dennoch fremd, nah und gleichzeitig fern. Ohne sie gäbe es uns nicht, zumindest nicht in der Form, wie wir hier und jetzt existieren. Sie haben unser Leben durch ihre Entscheidungen und Opfer geprägt, lange bevor wir das Licht der Welt erblickten. Doch trotz dieser unauflösbaren Verbindung spüren wir manchmal eine Distanz. Vielleicht, weil die Zeit, in der sie lebten, so anders war als die unsere. Vielleicht, weil sie Herausforderungen gemeistert haben, die für uns nur Geschichten sind – Krieg, Flucht, harte Arbeit in einer fremden Gesellschaft. Sie lieben uns bedingungslos, nicht nur weil wir ihre Enkelkinder sind, sondern weil wir das Symbol für eine Zukunft sind, die sie sich einst erträumten. Eine Zukunft, die sie nie mit Sicherheit voraussehen konnten, aber die sie voller Hoffnung und Zuversicht angetrieben hat.

Mit leeren Händen, aber einem Herzen voller Mut, haben sie ihre Lebensreise begonnen, oft in unbekannten Ländern und unter schwierigen Bedingungen. Ihr Lebensrucksack war zu Beginn leer, doch sie füllten ihn mit Erinnerungen, Erfahrungen und Erfolgen – und auch mit Narben. Sie arbeiteten hart, legten weite Wege zurück und trugen die Last einer Zukunft, die sie sich selbst kaum vorstellen konnten.

Doch in all dem trugen sie auch einen unbeirrbaren Glauben: den Glauben an eine bessere Zeit. Einen Glauben, der sie durch schwere Tage trug und sie dazu brachte, für ihre Kinder und Enkel eine Welt zu schaffen, die ein wenig sicherer, ein wenig heller und ein wenig hoffnungsvoller ist.

Vielleicht verstehen wir diese Verbindung erst vollständig, wenn wir selbst älter werden. Doch auf einer gewissen Art und Weise ist es schwer, jetzt gerade in ihre Gedanken hineinzutreten und ihre Liebe zu spüren. Es fühlt sich an wie ein Kreislauf, ein endloses Rad aus Missverständnissen und Unsicherheiten, in dem man sich nutzlos fühlt, ungenügend, wie jemand, der die Erwartungen niemals erfüllen kann. Man sucht nach Stolz in ihren Augen, nach einem Hauch von Fröhlichkeit darüber, dass man existiert, doch stattdessen spürt man oft nur Distanz – eine kalte, unbeschreibliche Ferne, die einen isoliert zurücklässt. Statt Familie, die einem Halt und Geborgenheit bietet, fühlt man nichts als Leere. Die Verbindung, die eigentlich da sein sollte, scheint unerreichbar, wie ein Faden, der nie geknüpft wurde. Man zählt die Minuten, bis die Zeit, die man miteinander verbringt, endlich vorüber ist. Denn diese Zeit ist oft geprägt von Gesprächen über Geld, über Ehe und über eine vorgezeichnete Zukunft – Themen, die wie starre Bahnen wirken, in denen es keinen Raum für Liebe, Träume oder Gefühle gibt. Gefühle, so scheint es, sind eine Schwäche, eine Ablenkung vom Wesentlichen. Wer wagt, anders zu denken oder andere Wege einzuschlagen, wird als naiv oder unrealistisch abgestempelt. Die

Vorstellung, früh Geld zu verdienen und früh zu heiraten, wird als der einzig richtige Weg dargestellt. Alles andere wird mit Skepsis betrachtet, fast so, als würde es unweigerlich ins Unglück führen.

Doch vielleicht liegt das Problem nicht nur in der Art, wie wir sie wahrnehmen. Vielleicht liegt es auch in unserer Unfähigkeit, sie zu verstehen – oder in ihrer Unfähigkeit, ihre Ängste und Erfahrungen mit uns zu teilen. Vielleicht war die Welt, die sie geprägt hat, so hart und unnachgiebig, dass sie keinen anderen Weg kennen. Vielleicht sehen sie in ihrem eigenen Leben den Beweis dafür, dass das Festhalten an diesen Werten und Strukturen das Einzige war, was sie am Leben hielt. Sie mussten kämpfen, oft mit nichts als einem leeren Rucksack und der Hoffnung auf eine bessere Zukunft. Ihr Leben war ein ständiges Ringen mit Unsicherheiten, ein Kampf gegen Vorurteile, Armut und Isolation. Viele von ihnen sind in ein fremdes Land gegangen, wo sie in einer Sprache arbeiten mussten, die sie nicht verstanden und wo sie auf Menschen trafen, die sie nicht akzeptierten. Sie haben Rassismus erlebt, Demütigungen ertragen und dennoch weitergemacht – alles, um eine Grundlage für ihre Familie zu schaffen.

Ihre größte Angst ist vielleicht nicht, dass wir scheitern könnten, sondern dass wir einen Weg gehen, den sie selbst nicht kennen, einen Weg voller Fragen und Ungewissheiten. Dieses Unbekannte erscheint ihnen wie ein dunkler Schatten, der sie einst selbst verfolgt hat – in ihren Gedanken, in ihren Träumen, in den Nächten, in denen sie wach lagen und überlegten, wie sie überleben sollten.

Vielleicht ist es ihre Art, uns zu schützen, uns vor den Fehlern zu bewahren, die sie selbst gemacht haben, oder vor den Hürden, die sie überwinden mussten.

Vielleicht hoffen sie insgeheim, dass wir eines Tages verstehen, warum sie so sind, wie sie sind und warum sie auf diese Weise lieben – eine Liebe, die nicht immer warm erscheint, die oft schweigsam ist, aber dennoch tief verwurzelt ist.

Wir tragen dieselben Namen, doch in gewisser Weise tragen wir auch denselben Rucksack – einen Rucksack, gefüllt mit Schicksalsschlägen, Erinnerungen und unausgesprochenen Geschichten. Dieser Rucksack ist mehr als ein Symbol. Er ist eine Last, die von Generation zu Generation weitergegeben wird, schwer von den Erfahrungen unserer Vorfahren. Darin liegen nicht nur die Herausforderungen, die sie gemeistert haben, sondern auch ihre Hoffnungen, Ängste und unausgesprochenen Wünsche.

Wir spüren den Druck, die Erwartungen zu erfüllen, die nicht einmal unsere eigenen sind. Die Fehler, die unsere Vorfahren gemacht haben, fühlen sich an, als ob sie auch unsere wären. Vielleicht ist es genau diese Verbindung, die uns stärker macht. Am Ende des Tages sehnt man sich nach nur einer Sache: verstanden zu werden. Man möchte, dass sie verstehen, dass jeder Schritt, den man gemacht hat, seinen Preis hatte. Dass es

Tränen, Zweifel und Momente der Verzweiflung gab, die in der Stille verhallten.

Anerkennung ist mehr als ein Dankeschön oder ein Nicken. Sie ist das Gefühl, dass der eigene Weg nicht umsonst war. Dass die Opfer, die man gebracht hat, einen Wert haben. Dass die Narben, die man trägt, nicht nur Zeichen von Leid, sondern auch von Mut und Durchhaltevermögen sind.

Am Ende des Tages ist es dieser innere Dialog, der uns antreibt. Wir fragen uns: Werden sie jemals meine Geschichte verstehen? Werden sie sehen, was ich durchgemacht habe? Und selbst wenn niemand hinsieht – können wir selbst uns die Anerkennung geben, die wir verdienen?

Und so wird aus einem einfachen Rucksack, ein Rucksack voller Geschichten – Geschichten, die uns prägen, die uns leiten und die uns daran erinnern, dass wir immer die Wahl haben, unser eigenes Kapitel hinzuzufügen.

Begegnung mit den Großen

Die sechste Klasse ist vergangen, nun beginnt das siebte Jahr, neue Wege, neue Chancen – alles scheint so wunderbar. Doch was vielen nicht klar ist: der Kampf der Pausenhöfe endet hier nicht – er geht weiter, härter und unerbittlicher als zuvor. Die Konflikte beschränken sich längst nicht mehr auf den Pausenhof, sie verlagern sich nahtlos ins Klassenzimmer. Und genau dort, wo eigentlich Lernen und Zusammenarbeit im Vordergrund stehen sollten, wird das Klassenzimmer zu einem Schlachtfeld – einem grausamen Ort, an dem unausgesprochene Rivalitäten und stille Machtspiele ausgetragen werden.

Hier sind es drei Parteien, die aufeinanderprallen und die Kämpfe, die sie führen, sind subtiler, aber ebenso schmerzhaft. Es sind Kämpfe auf verbaler Ebene – verletzende Worte, die wie unsichtbare Pfeile geschossen werden. Manche treffen mitten ins Herz, andere hinterlassen kaum sichtbare Narben, die doch nie ganz heilen.

Die erste Partei sind die Mitschüler, die ihre Hierarchien neu definieren, Allianzen schmieden und Feindschaften aufbauen. Es ist ein unaufhörlicher Wettstreit um Anerkennung und Macht.

Die zweite Partei sind die Lehrer, die sich in diesem Chaos behaupten müssen, oft unfreiwillig zu Vermittlern oder gar Schiedsrichtern degradiert. Doch nicht selten wirken ihre Entscheidungen wie ein Funke, der das Feuer weiter entfacht. Sie versuchen, die Klasse zu disziplinieren, während sie gleichzeitig den Druck des Lehrplans im Nacken spüren. Was man in diesem Moment noch nicht ahnt, ist, dass man eines Tages selbst Teil dieses Spiels sein wird – jedoch nicht in der Gruppe, in der man sich jetzt noch sieht. Eine neue Dynamik wird sich entfalten, die man zu diesem Zeitpunkt noch nicht versteht, aber die sich unaufhaltsam ihren Weg bahnt. Doch diese Geschichte gehört noch nicht in dieses Kapitel – sie wartet auf den Moment, in dem sie erzählt wird.

Und die dritte Partei? Das bist du. Allein inmitten des Tumults, gezwungen, deinen Platz in diesem komplizierten Gefüge zu finden, ohne dich selbst zu verlieren.

Hier, in den Klassenzimmern, lernst du nicht nur Mathematik oder Geschichte, sondern auch, wie Menschen funktionieren – wie sie sich verbünden, wie sie angreifen, wie sie verteidigen. Es ist ein Ort, an dem Stärke nicht immer durch Worte oder Taten definiert wird, sondern durch das stille Aushalten. Manche Kinder wachsen daran, andere zerbrechen und wieder andere lernen, sich anzupassen, um zu überleben. Doch die Begegnung mit den „Großen" hat auch ihre schönen Seiten. Man lernt neue Menschen kennen, knüpft Freundschaften, die für immer halten oder im Sande verlaufen. Man entdeckt neues Wissen, das den Horizont erweitert und die Welt ein Stück verständlicher macht. Manche erleben hier ihre erste Liebe – eine Liebe, die entweder ein Leben lang währt oder sich mit der Zeit in Luft auflöst. Hier legen einige den Grundstein für eine erfolgreiche

Karriere, während andere den Weg in die Obdachlosigkeit finden.

So unterschiedlich wie die Menschen sind, so vielfältig sind auch die Wege, die sie im Leben gehen. Das Leben folgt einem eigenen Rhythmus – einem Lauf der Zeit, der oft unberechenbar ist. Doch eines bleibt: der Glaube an die Selbstverantwortung.

Der berühmte Spruch *„Jeder ist seines Glückes Schmied"* wird vielfach zitiert. Doch stellt sich die Frage: sind wir wirklich allein verantwortlich für unser Glück? Oder spielen dabei noch andere, unsichtbare Kräfte eine Rolle? Denn selbst wenn wir alle Entscheidungen mit Bedacht treffen, harte Arbeit leisten und unser Bestes geben – kann es dennoch von äußeren Umständen abhängen, ob wir Erfolg haben oder scheitern. Faktoren wie eine höhere Macht, die Menschen um uns herum und das Leben selbst, mit all seinen unvorhersehbaren Wendungen, beeinflussen unseren Weg. Was passiert, wenn wir alles richtig machen und doch an einem Punkt scheitern, an dem wir nichts ändern können? Welche Rolle spielt das Schicksal in all dem? Und wie viel von unserem Leben ist wirklich in unseren eigenen Händen?

Diese Fragen, die uns immer wieder begleiten, sind vielleicht die schwersten zu beantworten. Doch sie sind auch der Kern unseres Daseins – ein fortwährender Tanz zwischen Kontrolle und Unvorhersehbarkeit.

Die siebte Klasse vergeht, die achte folgt und ehe man sich versieht, steht man in der neunten. Es fühlt sich an, als hätten wir plötzlich einen festen Platz in dieser neuen Welt. Wir sind nun „die Großen" – oder zumindest glauben wir das. Auf dem Pausenhof erlangen wir ein gewisses Gefühl der Macht, als hätten wir eine Stimme, die gehört wird. Wir genießen das Gefühl der Anerkennung, als hätten wir endlich das Recht, mitzureden, uns zu behaupten, unsere Meinungen zu äußern.

Die Lehrer, die uns zuvor vielleicht noch als kleine, unbedeutende Schüler betrachteten, scheinen uns nun ernster zu nehmen. Zumindest denken wir das.

Wir beginnen, uns mehr Verantwortung zuzuschreiben, als wir vielleicht tatsächlich haben. Wir glauben, wir hätten nun das Wissen, die Erfahrung und die Weisheit, um die jüngeren Schüler anzuleiten, als wären wir die wahren Experten des Schulalltags. Doch auch in diesem vermeintlichen „Erwachsenwerden" stecken noch viele Unsicherheiten, die wir oft nicht erkennen. Während wir uns selbst als die Großen sehen, ist uns noch nicht klar, dass auch wir in dieser neuen Rolle erst noch viel lernen müssen. Und ehe man sich versieht, steht der erste große Meilenstein bevor – der Hauptschulabschluss.

Es ist der Moment, in dem man das Gefühl hat, auf etwas wirklich Bedeutendes zuzusteuern. Die Aufregung ist spürbar, fast greifbar. Man weiß, dass es an der Zeit ist, sich zu beweisen, sich zu zeigen, etwas zu erreichen, das einem den Weg in die

Zukunft ebnen kann. Der Druck wächst und mit ihm die Angst, nicht genug zu tun, nicht gut genug zu sein. Es ist die Zeit, in der man sich nicht unter den „Verlierern" sehen will, die ihren Abschluss nicht schaffen, nicht zu denen gehören möchte, die später in den Gesprächen über die eigenen Zukunftsträume immer wieder das Gefühl haben, dass etwas fehlt, dass etwas nicht richtig gelaufen ist.

Der Hauptschulabschluss wird in vielen Fällen zu einem Symbol des eigenen Wertes, des eigenen Könnens – und auch ein Prüfstein für das, was noch kommen soll. Der Gedanke, „Es wird schon alles gut gehen" wird von der Frage überlagert: „Was passiert, wenn es nicht reicht?" Man möchte nicht nur bestehen, man möchte glänzen, etwas erreichen, das die nächste Stufe ermöglicht. Der Gedanke an den Abschluss ist nicht nur mit Erleichterung verbunden, sondern auch mit einer gewissen Verzweiflung: was, wenn es nicht genug ist? Man träumt von einer Zukunft, die mit diesem Abschluss im Rücken beginnt, sich jedoch auch mit der Angst vermischt, auf die falsche Seite des Lebens zu geraten. Aber genauso ist es auch eine Chance – eine Chance, alles in die Hand zu nehmen, sich selbst zu beweisen und das Fundament für die nächsten Schritte zu legen. In dieser Phase merkt man vielleicht das erste Mal, wie sehr die eigene Zukunft von den Entscheidungen abhängt, die man jetzt trifft. Doch noch mehr wird einem bewusst, wie sehr die Erwartungen der anderen, die gesellschaftlichen Normen, der Druck von außen, die eigene Perspektive beeinflussen. Man steht an der

Schwelle zwischen den kindlichen Träumen und der Verantwortung, die mit dem Erwachsenwerden einhergeht.

Auf der einen Seite fühlt man sich vollkommen unvorbereitet, als stünde man plötzlich vor einer Tür, die man nie wirklich gesehen hat, geschweige denn geöffnet hätte. Unvorbereitet auf die Prüfungen, unvorbereitet auf das Leben. *„Das geht alles viel zu schnell"*, flüstert der Kopf immer wieder. Es fühlt sich an, als sei gestern noch die vierte Klasse gewesen, als man in den Pausen mit Freunden gespielt und das Leben ohne große Sorgen genossen hat. Gerade noch war man voller Energie auf dem Sportfeld, das Gefühl von Freiheit und Unbekümmertheit in jeder Bewegung spürend. Und nun?

Nun soll man einen Abschluss schreiben, über den man nur wenig nachgedacht hat, den man sich nicht wirklich gewünscht hat. Wie soll man das schaffen? Wie kann man sich darauf vorbereiten, wenn der Weg so unklar und der Druck so groß ist?

Es scheint, als würde die Zeit an einem vorbeiziehen, als wäre man einfach nur ein Passagier in seinem eigenen Leben, der nicht richtig versteht, was da gerade passiert. Die Prüfungen, die einem plötzlich bevorstehen, wirken wie eine Wand, die viel zu hoch ist, um sie zu überwinden. Man fühlt sich, als sei man noch nicht bereit für all das, was einem zugemutet wird. Fragen drängen sich auf: „Habe ich genug gelernt? Habe ich genug getan? Was ist, wenn es nicht reicht?" Die Vorstellung, die Klassenräume der Schule zu verlassen, fühlt sich fast wie ein Sprung ins Ungewisse an – ein Übergang, den man vielleicht nie wollte, der aber gleichzeitig vor einem liegt wie eine unausweichliche Realität. Es ist die Zeit, in der man erkennt, dass man nicht länger ein Kind ist, dass einem alles einfach zufliegt.

Der Moment, in dem man begreift, dass alles, was man in den letzten Jahren gelernt hat, jetzt geprüft wird, dass man sich nun wirklich zeigen muss. Aber genau da liegt die Herausforderung: was, wenn man sich selbst noch nicht kennt? Was, wenn man nicht sicher ist, ob man wirklich die richtige Richtung eingeschlagen hat?

Und so schreibt man seine Prüfungen, Tag für Tag, im stetigen Wechsel zwischen Hoffnung und Zweifel, bis der Tag kommt, an dem die Ergebnisse bekannt gegeben werden. Der Tag, an dem sich die Spannung in der Luft fast greifbar anfühlt. Man hat Angst. Angst vor dem Moment, in dem man vor allen steht und sich dem Urteil stellen muss. Man will nicht derjenige sein, dessen Name aufgerufen wird, der aber nicht gut genug war, der es nicht geschafft hat. Diese Angst ist real und lähmt einen, auch wenn man versucht, sie zu verdrängen.

Und dann, plötzlich, ist es so weit: Die ersten Namen fallen – und damit auch die ersten Schicksale. Die ersten, die durchgefallen sind. Ein leises Stöhnen, dann das stumme Schweigen, das den Raum erfüllt. Die ersten Tränen fließen. Tränen, die die Enttäuschung, den Schmerz und die Angst vor dem Ungewissen in sich tragen. Die erste Stimme, die aus dem Stuhl zurückkehrt, zittert vor Frust und Enttäuschung, die Worte bleiben ungesagt, aber jeder im Raum versteht, was gemeint ist. Die Enttäuschung, nicht nur über das Ergebnis, sondern auch über die eigene Unsicherheit, die einen nie wirklich losgelassen hat.

Doch da sind auch die anderen, die ruhig bleiben. Sie hören die Namen derer, die gescheitert sind, aber für sie ist es kaum mehr als eine Randnotiz. Diejenigen, denen es scheinbar egal ist. Sie haben ihre eigenen Kämpfe, ihre eigenen Unsicherheiten, aber auf diesem Moment wirken sie fast unberührt, als wären sie bereits über diesen Punkt hinaus. Für sie ist der Druck, der andere in den Abgrund zieht, nicht mehr so präsent. Vielleicht haben sie einfach Glück, vielleicht sind sie besser vorbereitet, vielleicht aber auch nur abgeklärter, was die Bedeutung dieses einen Augenblicks betrifft.

Inmitten all dieser Reaktionen steht man selbst, voller Nervosität, doch gleichzeitig auch mit einer unbestimmten Hoffnung, dass der eigene Name bald genannt wird – dass man zu denjenigen gehört, die es geschafft haben. Doch während man wartet, beginnt sich eine unangenehme Leere in einem auszubreiten. Die Gedanken rennen, man fragt sich, was passiert, wenn es nicht reicht, wenn man nicht gut genug ist. Man schaut auf die anderen, sucht nach Anzeichen, dass auch sie genauso unsicher sind, genauso ängstlich wie man selbst.

Und schließlich, nach einer gefühlten Ewigkeit, ertönt der eigene Name. „Bestanden", sagt man. Gerade noch so, irgendwie bestanden.

Ein Lächeln breitet sich über das Gesicht, ein Gefühl von Erleichterung und Zufriedenheit, doch gleichzeitig spürt man die

Schwere in der Luft. Um einen herum sind die Gesichter derer, die es nicht geschafft haben. Freunde, die einen über die Jahre begleitet haben, stehen da, voller Tränen, voller Frust. Ihre Augen spiegeln eine Enttäuschung wider, die tief geht und man spürt, wie sich ihre Welt im Moment dieser Nachricht ein Stück weit auflöst. Sie wissen nicht, wie sie damit umgehen sollen und das Gefühl von Verlassenheit schwingt in der Stille mit. Man selbst fühlt sich wie in einem Zwiespalt.

Soll man sich jetzt freuen? Soll man sich über das eigene Bestehen freuen, oder soll man bei ihnen bleiben, sie trösten, ihnen beistehen in diesem Moment der Niederlage? Es ist schwer, Freude zu empfinden, wenn man den Schmerz der anderen sieht, die einem doch so nahe stehen.

Doch während man sich durch die Fluten von Gefühlen bewegt, bleibt am Ende doch nur das Gefühl der Erleichterung. Man hat es geschafft, man hat den ersten großen Schritt gemacht und das bedeutet etwas – es muss etwas bedeuten. Doch diese Mischung aus Freude und Mangel an wirklicher Freude hinterlässt einen bitteren Nachgeschmack. Mit diesem Gedanken verlässt man schließlich den Raum.

Der Weg nach Hause fühlt sich seltsam an. Der Moment, der anfangs wie ein triumphaler Augenblick schien, scheint nun in der Leere zu verschwinden. Zuhause wird der Erfolg verkündet – die Worte fallen, die Gesichter der Eltern erstrahlen im Glanz der Freude, aber auch hier fühlt es sich anders an. Der Erfolg wird gefeiert, doch der Blick hinter dem Lächeln bleibt verborgen. Denn niemand ahnt, was der nächste Schritt bringen wird.

Was man bis dahin nicht weiß – was niemand weiß – ist, dass man in einem Jahr genau dort stehen wird, wo sie jetzt stehen. Man wird zu denjenigen gehören, die es beim ersten Mal nicht schaffen, zu denen, die wieder kämpfen müssen, die wieder scheitern und wieder aufstehen. Ein Jahr später wird man selbst den bitteren Geschmack der Enttäuschung erleben, wird sich der Last der Erwartungen ausgesetzt sehen, wird sich fragen, warum es nicht gereicht hat, warum es wieder nicht funktioniert hat. Man wird sich selbst in den Gesichtern derer wiederfinden, die einen damals so verlassen und unvollständig zurückließen.

Nun geht es in die zehnte Klasse und plötzlich fühlt man sich angekommen. Der Übergang ist spürbar – man hat den Eindruck, die letzten Jahre hinter sich gelassen zu haben und tritt nun in eine neue Ära ein.

In den Augen der jüngeren Schüler ist man jetzt jemand, der etwas zu sagen hat, jemand, der weiß, wo es langgeht. Man ist nicht mehr der Anfänger, der Unwissende, sondern der, der schon einiges hinter sich hat und stolz darauf sein kann. Man hat das Gefühl, als sei man nun der Wissensvermittler, der dem jungen Jahrgang etwas beibringen kann. Mit diesem Gefühl kommt eine Art Stolz, eine Gewissheit, dass man den richtigen Weg eingeschlagen hat.

In den Pausen ist man längst nicht mehr derjenige, der sich anpassen muss, der sich hinter den größeren Schülern versteckt.

Jetzt ist man einer der Größten. Man merkt, wie der Respekt wächst, wie sich der eigene Platz im sozialen Gefüge langsam verfestigt. Die jüngeren Schüler schauen zu einem auf, nehmen einen ernst und das gibt einem das Gefühl von Macht und Einfluss. Man fühlt sich stärker, selbstbewusster – als hätte man endlich seinen Platz in dieser Welt gefunden. Doch dieses Gefühl der Überlegenheit ist auch ein zweischneidiges Schwert. Es ist der Moment, in dem man beginnt, sich der Verantwortung bewusst zu werden, die damit einhergeht. Denn mit Wissen und Stärke wachsen auch die Erwartungen – wie es in einem berühmten Zitat heißt: „Aus großer Kraft folgt große Verantwortung."

Man wird nicht mehr nur nach dem Guten gefragt, man wird nach dem Besten verlangt. Man merkt, dass die Lehrer und die Gesellschaft erwarten, dass man immer weiter wächst, dass man immer mehr erreicht. Man fühlt sich als Teil eines Spiels, bei dem der Druck immer mehr steigt und man die Angst hat, dass ein falscher Schritt einen wieder zurückwerfen könnte.

Und so verfliegt das Schuljahr, bis man schließlich vor dem nächsten Meilenstein steht – dem MSA, dem Mittleren Schulabschluss.

Der MSA ist mehr als nur ein weiterer Test; er fühlt sich größer, bedeutender und anspruchsvoller an. Diesmal geht es um mehr als nur Noten – es geht um die Richtung, die das Leben nun nehmen wird. Wer mit guten Ergebnissen abschneidet, sieht eine schulische Laufbahn vor sich, neue Möglichkeiten und Chancen für die Zukunft.

Wer knapp besteht, steht vor der Entscheidung, ob der Übergang in die Berufswelt oder eine weitere schulische Ausbildung die richtige Wahl ist.

Und wer scheitert? Das bleibt offen, ein Punkt, der für viele von uns ein düsterer Schatten wird, der auf den Ergebnissen lastet. Doch auch hier zeigt sich wieder der Lauf des Lebens: Es sind nicht nur die Prüfungen, die über uns entscheiden, sondern auch, wie wir mit den Herausforderungen umgehen, die uns begegnen.

Die erste Prüfung ist geschafft, aber die Note lässt zu wünschen übrig. Die zweite Prüfung folgt, doch das Gefühl, das sie hinterlässt, ist alles andere als beruhigend. Und auch die dritte Prüfung verläuft nicht besser, Zweifel nagen an uns. Vielleicht, so hofft man, wird die mündliche Prüfung noch den Unterschied machen – doch auch hier bleibt der erhoffte Erfolg aus. Es ist ein Gefühl, das schwer zu beschreiben ist: das Wissen, dass man alles gegeben hat, aber trotzdem nicht genug war. Die Enttäuschung wächst, mischt sich mit dem Frust und der Unsicherheit, was die Zukunft wohl bringen wird. Doch mit jedem durchgestandenen Moment, mit jeder Prüfung, die nicht wie erhofft ausfällt, lernt man etwas Neues über sich selbst – über die eigenen Grenzen, aber auch über den unerschütterlichen Willen, weiterzumachen, trotz allem. *„Doch warten wir erstmal das Ergebnis ab"*, sagt der Kopf, mit der Hoffnung, dass es vielleicht doch besser war, als man dachte. Doch ist es wirklich die Hoffnung, die uns antreibt, oder ist es vielmehr der Versuch, das Gefühl des drohenden Scheiterns zu verdrängen? Vielleicht reden wir uns ein, dass es gut gelaufen ist, weil der Gedanke an das Scheitern zu schmerzhaft ist, zu beängstigend. Es ist leichter, sich in dieser Hoffnung zu wiegen, als sich der Realität zu stellen, die da auf uns wartet. Wir schaffen es, uns zu beruhigen, uns ein Stück weit zu täuschen. Doch tief im Inneren wissen wir, dass die Wahrheit, die mit den Ergebnissen kommt, uns nicht nur den Weg aufzeigt, sondern auch eine Entscheidung trifft – über das, was wir bisher erreicht haben und darüber, was noch vor uns liegt. Es ist diese Zerrissenheit, die in uns nagt: das Streben nach Erfolg, gepaart mit der Angst, dass der Traum von einer glänzenden Zukunft plötzlich in den Schatten tritt.

Und da kommt uns das Ergebnis entgegen – Durchgefallen. Der Versuch, mit dem Scheitern umzugehen, fühlt sich plötzlich schwerer an, als wir es uns je hätten vorstellen können. Es ist nicht nur ein Ergebnis auf einem Blatt Papier, es ist mehr als das. Es ist eine Niederlage, die nicht nur unseren Stolz, sondern auch unsere Zukunft infrage stellt. Der erste Moment, in dem das Wort „durchgefallen" ausgesprochen wird, ist wie ein kalter Schlag. Es ist ein Moment, der uns gleichzeitig von außen endgültig festhält und von innen, wie ein Druck wirkt – leer, schwer, unerträglich. Es gibt keine Flucht davor. Und selbst wenn man es versucht, bleibt die Tatsache bestehen. Wie geht man mit so etwas um? Der Versuch, die Enttäuschung zu überspielen, sich einzureden, dass es „nicht so schlimm" sei, fühlt sich irgendwann wie eine leere Lüge an. Man kann sich nicht immer in Ausreden flüchten. Und doch, was bleibt einem anderes übrig, als sich wieder aufzuraffen und sich der Realität zu stellen? Wie stellt man sich aber etwas vor, das nur psychisch existiert, aber physisch keinen Körper hat? Eine Niederlage, die sich anfühlt wie ein unsichtbarer Schatten, der über einem schwebt, ohne dass man ihn berühren oder festhalten kann. Es ist eine Last, die nicht greifbar ist, aber dennoch das Gefühl hinterlässt, dass der Boden unter den Füßen plötzlich nicht mehr sicher ist.

Nach dieser Niederlage wird man in einen Raum geführt – kalt, leise und leer. Ein Raum, der für viele nur eine Übergangsstation zu sein scheint, doch für einen selbst fühlt es sich wie der letzte Halt vor dem Abgrund an. 20 Minuten, die sich anfühlen wie eine Ewigkeit. Es gibt keinen Ausweg, keine Ablenkung, nur diese Wände, die einen umgeben und das Gewicht der Enttäuschung erdrücken. In dieser Stille wartet man, während die Gedanken wie eine endlose Schleife durch den Kopf rennen. Was habe ich falsch gemacht? Warum reicht es nicht? Wird es je wieder besser? Man hört den Klang des eigenen Atems, der sich in der Stille des Raumes widerspiegelt und fragt sich, wie es weitergeht.

Und dann kommt der Moment, in der nur der Lehrer reinkommt und sagt: *„Deine Eltern sind auf dem Weg."*
Die Eltern sind auf dem Weg, als ob ihre Anwesenheit das Gewicht der Niederlage ein wenig lindern könnte.

Doch während man dort sitzt, allein mit den eigenen Gedanken, mit der eigenen Enttäuschung, wird einem bewusst, dass es nicht die Anwesenheit der Eltern ist, die einen retten wird. Es ist der Umgang mit dem eigenen Scheitern, der einen wirklich weiterbringt. Nun muss man sich eingestehen, dass man nie genug getan hat, um sich eine gute Zukunft zu sichern. Statt die Abende mit Lernen zu verbringen, wurde die Zeit in belanglosen Ablenkungen verloren. Man vergrub sich in der Welt der Videospiele, verbrachte Stunden auf sozialen Medien, verfolgte die neuesten Trends, als ob sie das wahre Leben ersetzen könnten. Jede neue Benachrichtigung, jeder neue Post, schien dringender als das, was wirklich zählt. Man verpasste den Moment, in dem man hätte investieren müssen, die Zeit, die man hätte nutzen können, um sich wirklich vorzubereiten – für die Prüfungen, für die Zukunft. Es ist eine harte Erkenntnis. Das Gefühl, dass man die falschen Prioritäten gesetzt hat, dass man sich in oberflächlichen Ablenkungen verloren hat, während die eigentlichen Herausforderungen des Lebens auf einen warteten. Der Gedanke, dass man sich selbst im Weg gestanden hat, dass man die Verantwortung für die eigene Zukunft nicht ernst genug genommen hat, kommt wie ein Schlag. Die Enttäuschung über das Versäumte ist schwer zu ertragen und in diesem Moment fühlt es sich an, als ob die Zeit verloren ist.

Laut einem berühmten Wissenschaftler ist die Zeit relativ und auch hier, in diesem Moment, war sie es – relativ. Denn was in einem Augenblick wie eine Ewigkeit erscheint, kann im nächsten schon vergessen sein. Die Zeit, die man in den falschen Dingen verliert, fühlt sich wie ein endloser Strom an, der einem immer wieder durch die Finger rinnt, während man hofft, dass der Moment der Erkenntnis noch nicht zu spät kommt.

Doch paradoxerweise, als man sich dem Scheitern stellte, schien die Zeit plötzlich schneller zu vergehen, als hätte man all die verlorenen Jahre in einem kurzen Atemzug aufgeholt. Nun kam die Erkenntnis, eine klare Wahrheit, die wie ein Schlag ins Gesicht traf: Zu Hause angekommen war es unmissverständlich – es musste sich etwas ändern. Etwas musste sich tief in einem selbst wandeln, um die Zukunft zu sichern, um überhaupt eine Zukunft zu haben.

Doch bevor diese Veränderung greifbar wurde, standen erst einmal die Sommerferien vor der Tür. Sechs lange Wochen, die sich wie eine Ewigkeit anfühlten. Sechs Wochen, die in ihrer endlosen Ruhe fast quälend waren. Zeit, die sich dehnte und gleichzeitig immer schneller zu entgleiten schien, während der Gedanke an die bevorstehenden Herausforderungen nie aus dem Kopf wich. In diesen sechs Wochen, in denen der Sommer mit seinen wärmenden Sonnenstrahlen und lauen Nächten lockte, war es ein einziger Gedanke, der immer wieder auftauchte – wann geht es endlich wieder los? Wann kann ich zeigen, wer ich wirklich bin, was ich wirklich kann und was ich wirklich schaffen werde? Die Sommerferien, die für viele eine Zeit der Entspannung und des Rückzugs waren, wurden zu einer Art innerem Rückzugsraum. Während andere die Freiheit genossen, kam immer wieder die Frage, wie ich das, was ich falsch gemacht hatte, in etwas Positives verwandeln konnte. Es war eine Zeit des Nachdenkens und des Umbruchs. Vielleicht war es in diesen langen Ferien, in der Stille der heißen Sommertage, dass man begreifen konnte, dass Veränderung nicht über Nacht kommt – dass sie ein Prozess ist, der mit kleinen Schritten beginnt. Doch diese Erkenntnis ließ die Ferien nicht kürzer erscheinen. Sie schienen sich in die Länge zu ziehen, jede Sekunde ein kleiner Test des Durchhaltevermögens, der Geduld mit sich selbst.

Doch schließlich fanden die Sommerferien ihr Ende und der erste Schultag rückte immer näher. Es war endlich soweit – die Schule begann wieder. Zwar in einem wiederholten Jahr, doch diesmal war es anders. Es war nicht einfach ein weiterer Versuch, sondern die Gelegenheit, sich zu beweisen. Und was für eine Gelegenheit das war. Die ersten Tage liefen besser, als erwartet. Es fühlte sich an, als wäre ein neuer Abschnitt im Leben aufgeschlagen worden. Die ersten guten Noten, die ersten positiven Rückmeldungen der Lehrer und sogar die Menschen um einen herum, schienen einen in einem anderen Licht zu sehen. Es war, als wäre ein Schleier gelüftet worden, als hätte man zum ersten Mal klar und bewusst auf das eigene Leben geblickt. Die Dinge wurden plötzlich bedeutungsvoll. Es war, als würde man in eine neue Welt eintauchen, in der alles viel intensiver, viel bewusster wahrgenommen wurde. Man war sich plötzlich seiner eigenen Stärke und Fähigkeit bewusst, Dinge zu verändern, die man sich vorher nicht zugetraut hatte. Die letzten Jahre, die Jahre des Fehlens, des Versagens, schienen wie eine verschwommene Erinnerung – als ob sie in einer Kassette verstaut worden wären, deren Inhalt nun weit entfernt und nur noch schwer zugänglich war. Der Schleier der Vergangenheit schien sich zu lichten und der Blick richtete sich auf die Gegenwart, auf die Möglichkeiten, die vor einem lagen.

So wie ein Schuljahr manchmal schier endlos erscheint, so schnell vergeht es auch wieder. Und diesmal, nach all den Herausforderungen und Rückschlägen, stand der Abschluss wieder bevor – der Abschluss, den man ein Jahr zuvor noch nicht geschafft hatte. Der Abschluss, der mit einem Zeugnis besiegelt war, das so schlecht war, dass man sich kaum traute, den Blicken der anderen zu begegnen. Doch diesmal war alles anders. Diesmal schien es so, als hätte man es wirklich geschafft.

Die Prüfungen liefen besser als erwartet, die Noten waren gut und das Gefühl, dass das Leben sich endlich in die richtige Richtung bewegte, durchströmte einen wie nie zuvor. Der Erfolg war kein Zufall, sondern das Resultat harter Arbeit, Geduld und der Entschlossenheit, es dieses Mal besser zu machen. Es war, als hätte man eine Mauer durchbrochen, die einen lange zurückgehalten hatte und plötzlich waren die Möglichkeiten wieder greifbar, die zuvor so weit entfernt schienen. Die Menschen um einen herum, die früher nur von einem anderen, unerreichbaren Selbstbild sprachen, begannen nun, mit anderen Augen zu sehen. Freunde, Lehrer, sogar die eigene Familie schienen zu bemerken, wie viel sich verändert hatte. Man selbst auch. Das Leben fühlte sich anders an. Es war, als habe man eine neue Perspektive gewonnen, als würde man den Weg vor sich nun mit mehr Zuversicht und Klarheit sehen. Die Erinnerung an das vergangene Jahr, die Zweifel, die Ängste und die Enttäuschungen waren noch immer präsent, aber sie hatten ihre Bedeutung verändert. Sie waren nicht mehr nur Hindernisse, sondern Erfahrungen, die einem geholfen hatten, zu wachsen. Sie hatten einen stärker gemacht und einen wichtigen Teil des Weges markiert, den man nun beschreiten konnte.

Der Abschluss war also nicht nur das Ende eines Kapitels, sondern der Anfang eines neuen, vielversprechenden Abschnitts, der nun mit Hoffnung und Neugierde angegangen werden konnte.

Begegnung mit Verlust

Verlust ist eine Erfahrung, die jeder Mensch früher oder später macht. Manche begegnen ihm in jungen Jahren, wenn ein geliebtes Haustier stirbt oder eine vertraute Bezugsperson plötzlich nicht mehr da ist.

Andere erfahren den Verlust erst später, durch das Scheitern einer Ehe, den Tod eines Freundes oder das Zerbrechen von Träumen, die einst das Leben prägten. Wie wir mit Verlust umgehen, ist so vielfältig wie die Menschen selbst.

Einige lernen schnell, dass Verlust ein unvermeidlicher Teil des Lebens ist – eine Lektion, die lehrt, dass nichts ewig dauert und dass jede Begegnung, jeder Moment vergänglich ist. Sie finden Wege, den Schmerz zu integrieren und wachsen daran. Andere hingegen kämpfen ein Leben lang damit, diese Realität zu akzeptieren. Der Verlust bleibt für sie wie eine offene Wunde, die niemals heilt. Verlust zeigt uns die Instabilität des Lebens. Es ist ein Lehrer, der uns zwingt, uns mit der Endlichkeit auseinanderzusetzen – und mit der Bedeutung der Zeit. Zeit, die für jeden subjektiv verläuft.

Stellen wir uns Verlust wie ein großes, altes Haus vor. Während wir darin leben, bemerken wir die Dinge um uns kaum: die knarrenden Dielen, die vertrauten Schatten in den Ecken, den Wind, der durch die Fenster zieht. Doch wenn das Haus einstürzt, erkennen wir plötzlich, wie sehr es Teil unseres Lebens war. Der Verlust lässt uns spüren, was wir hatten – und was wir nie wieder haben werden. So schmerzhaft er auch sein mag –

der Verlust erinnert uns daran, dass wir leben. Dass das, was wir verlieren, einst bedeutsam war. Und vielleicht liegt darin der größte Trost: dass etwas Wertvolles unser Leben berührt hat, auch wenn es nun nicht mehr da ist. Verlust eines geliebten Menschen – eine Erfahrung, die alles verändert.

Bis zu diesem Moment kannte man den Begriff nur aus Erzählungen, Filmen oder Geschichten anderer. Doch dann, plötzlich, wird er real. Es ist nicht mehr nur ein Wort, sondern ein Gefühl, dass das Leben in seinen Grundfesten erschüttert.

Die Abwesenheit eines Menschen, der immer da war, fühlt sich an wie ein Loch, das nichts füllen kann. Und man begreift: es gibt Dinge, die kann man nicht ersetzen, nicht zurückholen, nicht wiederherstellen – weder aus einem Supermarkt noch aus der Welt. Dieses Gefühl ist so neu, so fremd, dass es oft Monate, wenn nicht Jahre dauert, bis man beginnt, es zu verstehen – oder überhaupt damit zu leben. In dieser Zeit wird einem bewusst, dass Verlust nicht nur ein persönliches Schicksal ist, sondern etwas Universelles. Es ist eine Erfahrung, die Menschen über Generationen hinweg prägt. Großeltern, Eltern, Kinder – alle begegnen ihm, jeder auf seine Weise. Die einen scheinen länger auf dieser Erde zu verweilen, die anderen gehen schnell, zu schnell. Manche Menschen sterben an Krankheiten, die wie ein Schatten über unserem Leben liegen.

Krankheiten, die uns zeigen, wie fragil das Dasein ist und die uns zugleich Ehrfurcht vor dem Leben und seiner

Vergänglichkeit lehren. Diese Krankheiten, so grausam sie sind, zwingen uns, die Kostbarkeit jedes Augenblicks zu begreifen.

In der Schule lernt man, Prüfungen zu bestehen, Aufgaben zu lösen, Antworten zu finden. Doch der wahre Test des Lebens beginnt erst, wenn man der Realität des Verlustes begegnet. Es ist eine Prüfung, die nicht in einem Klassenzimmer stattfindet, sondern in den stillen Momenten der Trauer. Eine Prüfung, die keine richtigen oder falschen Antworten kennt, sondern nur das, was man fühlt. Man sagt, die Zeit heilt alle Wunden. Doch das ist nur die halbe Wahrheit. Die Wunde bleibt, aber sie wird zu einer Narbe, die uns daran erinnert, dass wir geliebt haben und geliebt wurden. Die Erinnerung an den Menschen, den wir verloren haben, bleibt lebendig, nicht als Schmerz, sondern als Teil von uns selbst.

Und da gehen sie, begleitet von den Schritten jener, die mehr tragen, als Worte je beschreiben könnten. Doch diese Menschen tragen nicht nur die, die gegangen sind – sie tragen auch die Last der Erinnerungen, die wie Schatten auf ihren Schultern liegen und die Hoffnung, die im Takt der Schritte leiser wird. Es ist nicht nur ein Abschied, den sie tragen, sondern ein ganzes Universum von Gefühlen. Jeder der da steht merkt, dass das Leben doch endlich ist.

Und während das Leben weiterzieht, scheint es, als ob mit jedem Schritt nicht nur Hoffnung schwindet, sondern auch ein Stückchen von ihnen selbst. Doch genau darin liegt die Stärke dieser Menschen: Sie tragen das Leben und den Verlust zugleich und in ihrem Tragen finden sie eine Bedeutung, die über Worte hinausgeht.

Und auch hier musste ein schwerer Weg gegangen werden, ein Weg, den niemand freiwillig wählt, aber den das Leben einem manchmal aufzwingt. Und obwohl er gegangen wurde, obwohl er irgendwann die Schritte gefunden hat, um weiterzumachen, bleibt der Anfang unvergessen – diese ersten Wochen, diese erste Zeit, die sich so hart und unerträglich anfühlte.

Wie begreift man, dass ein Mensch, der noch vor kurzem dieselbe Straße überquerte, den man lachen hörte, mit dem man sprach, nun nicht mehr da ist? Es ist ein Gedanke, der so surreal erscheint, dass er sich der Realität entzieht. Und doch ist es genau diese Realität, die einen wie ein kalter Sturm trifft. Die Vorstellung, dass dieser Mensch, der so nah war, nun in ein Tuch gewickelt unter der Erde liegt, ist so paradox, dass man sie nicht fassen kann. Man sucht nach Antworten, nach einem Sinn in dem, was geschehen ist. Doch die Wahrheit ist: es gibt oft keinen Sinn. Es ist, wie es ist – eine Realität, vor der man nicht fliehen kann. Und in diesem Moment fühlt es sich an, als stünde die Welt still, als wäre alles andere bedeutungslos.

Aber während die Zeit vergeht, lernen wir. Wir lernen, den Schmerz zu tragen, auch wenn er nicht leichter wird. Wir lernen, die Erinnerung an diesen Menschen in uns zu bewahren, ohne daran zu zerbrechen. Und wir lernen, dass die Realität, so grausam sie manchmal sein mag, uns auch daran erinnert, wie kostbar das Leben ist. Wir werden diese Menschen für immer in

Erinnerung behalten. Sie sind Teil von uns, in unseren Gedanken, unseren Geschichten und den stillen Momenten, in denen wir sie vermissen. Auch wenn sie nie wieder physisch bei uns sind, werden wir sie niemals wirklich loslassen. Ihre Spuren sind in unser Leben eingewebt – in die Art, wie wir denken, wie wir lieben und wie wir die Welt sehen.

Und tief in uns glauben wir daran, dass sich Wege irgendwann wieder kreuzen werden. Vielleicht nicht hier, vielleicht nicht so, wie wir es kennen oder erwarten, aber auf eine Weise, die über unser Verständnis hinausgeht.

Der Gedanke, dass jeder Tag der letzte sein könnte, dass die Zeit kommen kann, in der man diese Welt verlässt – nicht durch eigenes Zutun, sondern durch Dinge, die außerhalb unserer Kontrolle liegen. Es ist die leise, aber allgegenwärtige Furcht, dass die Träume, die wir uns mit so viel Leidenschaft gesetzt haben, unvollendet bleiben könnten. Träume, die aus der Tiefe unseres Wesens erwachsen sind, die uns geprägt und uns den Menschen haben werden lassen, der wir heute sind. Diese Angst ist echt.

Sie ist kein flüchtiges Gefühl, sondern eine Konstante, die uns verfolgt, die sich in jedem stillen Moment bemerkbar macht, in jeder Sekunde unseres Lebens. Doch hierbei ist es nicht entscheidend, ob diese Angst existiert – sie ist Teil des Menschseins. Vielmehr liegt die wahre Bedeutung darin, wie wir mit ihr umgehen. Denn letztlich ist die Angst vor dem Verlust oder dem Scheitern ein Spiegel dessen, wie sehr uns unsere Träume und unser Leben am Herzen liegen. Sie zeigt, dass wir etwas Wertvolles haben, das uns antreibt, dass wir etwas Großes anstreben, das uns definiert.

Und vielleicht wird es auch so kommen. Vielleicht werden wir nicht alles erreichen, was wir uns vornehmen. Manches wird wohlmöglich unvollendet bleiben, doch ist nicht gerade das, das schöne daran. Es ist doch gerade der Weg, den wir beschreiten, die Schritte, die wir trotz der Ungewissheit und der Angst gehen.

Die Angst erinnert uns daran, wie kostbar unsere Zeit ist. Sie ruft uns dazu auf, mutig zu sein, auch wenn wir wissen, dass wir nicht alles kontrollieren können. Am Ende wird es nicht die Angst sein, die uns definiert, sondern der Mut, sie anzunehmen und dennoch weiterzugehen. Es ist dieser Mut, der uns erlaubt, selbst inmitten der Unsicherheit unseren Träumen nachzujagen, der uns lehrt, dass das Leben nicht in der Angst endet, sondern in den Taten, die wir trotz ihr vollbringen. Dieser Glaube gibt uns Trost, eine stille Hoffnung, dass der Verlust nicht das letzte Kapitel ist, sondern Teil einer größeren Geschichte. Es ist dieser Glaube, der uns weitermachen lässt, der uns ermutigt, das Leben trotz des Schmerzes zu umarmen. Denn solange wir sie in uns tragen, sind sie nicht wirklich fort. Ihre Worte, ihre Gesten, ihr Lächeln - sie leben in uns weiter und prägen, wer wir sind.

Man sagt, die Zeit heilt alle Wunden, aber vielleicht ist es vielmehr die Liebe, die uns heilt. Die Liebe zu den Menschen, die wir verloren haben und der Glaube, dass sie uns auch jetzt noch begleiten.

Und vielleicht, nur vielleicht, wenn wir uns erlauben, diese Erfahrung zu fühlen und zu durchleben, erkennen wir, dass Verlust nicht nur das Ende bedeutet, sondern auch der Anfang eines neuen Verständnisses von Leben und Liebe sein kann.

Begegnung mit Menschen, die einen prägen

Menschen, die einen prägen – das sind nicht nur Lehrer, die mit einem Satz dein Weltbild verändern können, oder Freunde, die dich in schwierigen Momenten stützen. Es sind die Begegnungen, die unter die Haut gehen, die bleiben, auch wenn die Schulklingel längst verstummt ist. Mit diesen Menschen teilt man Momente, die größer sind als die vier Wände eines Klassenzimmers, Augenblicke, die einen verändern, ohne dass man es sofort merkt.

Mit dem mittleren Schulabschluss in der Hand geht es in eine Welt voller Möglichkeiten – eine Welt mit unzähligen Wegen, die nur darauf warten, betreten zu werden. Die Entscheidung liegt nun in den eigenen Händen, doch jeder Schritt will gut überlegt sein. Wird es der lang ersehnte Job in der Bank, der finanzielle Sicherheit und ein geordnetes Leben verspricht? Oder zieht es einen in die Uniform eines Polizisten, der für Recht und Ordnung sorgt, der anderen Schutz bietet und gleichzeitig das eigene Leben auf den Kopf stellt? Vielleicht führt der Weg auch zurück ins Klassenzimmer – diesmal mit dem Ziel, den höchsten Schulabschluss des Landes zu erreichen, um die Türen zur Universität und zur Wissenschaft aufzustoßen. Doch jeder Weg bringt seine eigenen Herausforderungen mit sich und die Angst, eine falsche Entscheidung zu treffen, sitzt stets im Nacken.

Es ist die Ungewissheit, die drückt und die Erwartungen, die von allen Seiten auf einen einprasseln – vor allem von zu Hause.

Dort sind sie, die Stimmen der Eltern oder Verwandten, die im Hintergrund ständig flüstern, mahnen, manchmal auch laut fordern: „Wann fängst du endlich an, Geld zu verdienen?" „Der Sohn von der Nachbarin hat schon einen festen Job und bringt gutes Geld nach Hause." „Willst du ewig die Schulbank drücken? Andere schaffen das doch auch schneller!" Solche Worte sind wie kleine Samen, die von klein auf in den Kopf gepflanzt werden und die mit jedem Jahr tiefer wurzeln.

Du merkst vielleicht gar nicht, wie sehr sie dich prägen, bis sie plötzlich in deinem Bewusstsein zu blühen beginnen – als Zweifel, als Druck, als das Gefühl, ständig beweisen zu müssen, dass du genug bist. Du versuchst dir einzureden, dass es dich nicht betrifft, dass jeder seinen eigenen Weg geht. Die einen stürzen sich direkt nach der Schule in den Job, streben nach finanzieller Sicherheit, vielleicht auch aus Notwendigkeit.

Die anderen lassen sich Zeit, erkunden Möglichkeiten, suchen nach dem, was wirklich zu ihnen passt. Aber was bedeutet es wirklich, „den richtigen Weg" zu finden? Ist es der Weg, der schnellstmöglich Geld und Anerkennung bringt? Oder ist es der Weg, der deinen Werten entspricht, deinen Träumen, deinem Herzen? Es gibt keine einfache Antwort, denn die Reise sieht für jeden anders aus. Und so betritt man erneut das Klassenzimmer, nimmt den Weg zur Schule auf sich – diesmal mit einem unbestimmten Gefühl. Man ahnt nicht, dass gerade hier die Samen gesät werden, die eines Tages Wurzeln schlagen und eine Zukunft hervorbringen, die sich in diesem Moment kaum erahnen lässt. In diesen Räumen, zwischen Tafeln und Tischen, begegnet man Menschen, die mehr als nur Mitschüler oder Lehrer sein werden. Menschen, die mehr als bloße Bekanntschaften bleiben.

Hier entstehen Bindungen, die so tief gehen, dass sie einem zweiten Zuhause gleichen. Menschen, mit denen man nicht nur Jahre, sondern Erinnerungen teilt, Momente, die ein Leben lang bleiben. Es sind diese Begegnungen, die dein Leben auf unerwartete Weise formen: Menschen, die dir Türen öffnen, die du allein nie gefunden hättest. Menschen, die zu Mentoren werden, die an dich glauben, selbst wenn du an dir zweifelst. Und Menschen, die aus Fremden zu Freunden und schließlich zu Familie werden, die dich begleiten – nicht nur durch den Schulalltag, sondern weit darüber hinaus. Was du jetzt vielleicht noch nicht verstehst, ist die Bedeutung dieser Verbindungen.

Denn während die Schulzeit oft wie eine Endstation wirkt, ist sie tatsächlich der Anfang von etwas Größerem. Die Geschichten, die hier beginnen, werden weit über die Grenzen des Klassenzimmers hinaus fortgeführt.

Diese Menschen werden dich inspirieren, herausfordern und manchmal auch enttäuschen. Doch sie alle tragen dazu bei, die Person zu formen, die du eines Tages sein wirst. Und irgendwann wirst du zurückblicken und erkennen, dass gerade diese Jahre, diese Begegnungen, die stillen Bausteine deiner Zukunft waren.

Man beginnt das erste Jahr voller Hoffnung, voller Ambitionen, bereit, sich der Welt zu beweisen. Doch kaum hat man Fuß gefasst, kommen die ersten Stimmen, die an einem nagen: "Vielleicht ist das nicht der richtige Weg für dich." Worte, die wie kleine Stiche wirken, die einen zum Nachdenken bringen. Auf der einen Seite versteht man diese Menschen – sie sagen es nicht ohne Grund. Vielleicht sehen sie etwas, das man selbst noch nicht erkennt. Vielleicht meinen sie es gut, wollen vor einem möglichen Scheitern bewahren.

Doch auf der anderen Seite fühlt es sich an, als würde man in einen Raum geführt, dessen Türen zu Größerem für immer verschlossen bleiben könnten. Und hier zeigt sich wieder die Frage: Ist wirklich jeder seines Glückes Schmied? Denn was, wenn das Glück nicht nur in deinen Händen liegt? Was, wenn es Menschen gibt, die über deine Wege entscheiden, die die Macht haben, Türen zu verschließen, bevor du überhaupt die Chance hattest, daran zu klopfen?

Doch genau in solchen Momenten liegt auch eine Wahl. Eine Wahl, die darüber entscheidet, wie du auf diese Hindernisse reagierst. Lässt du die Worte größer werden als deinen Willen? Trotz aller Zweifel und Gegenstimmen wird der Weg nicht verlassen. Man geht weiter, Schritt für Schritt, kämpft, arbeitet, strengt sich an. Es ist ein ständiger Versuch, sich zu verbessern, aus Fehlern zu lernen und das Beste aus sich herauszuholen. Ob es sich am Ende lohnen wird, das weiß man nicht. Aber eines ist klar: Wer es nicht versucht, wird niemals verstehen, was es bedeutet, für etwas zu kämpfen. Jeden Morgen aufzustehen und sich einzugestehen, dass man nie den Mut hatte, es zu probieren – das mag der bequemere Weg sein, aber es ist auch der schmerzhafteste. Denn was bleibt, ist die quälende Frage: Was wäre gewesen, wenn?

Scheitern hingegen, so bitter es auch schmecken mag, trägt einen unschätzbaren Wert in sich. Kritik, Enttäuschungen und Rückschläge sind wie rauer Wind, der einen formt und stärker macht.

Das erste Jahr mag kein Sieg gewesen sein. Die Noten blieben hinter den Erwartungen zurück, der Erfolg ließ auf sich warten. Aber das ist nicht das Ende – es ist ein Anfang. Denn gerade in der Niederlage liegt oft die größte Lektion: nicht stehen zu bleiben, sondern weiterzugehen, auch wenn der Weg steinig ist.

Dieses Jahr hat gelehrt, dass der wahre Gewinn nicht immer in Zahlen und Ergebnissen liegt. Es geht um das Durchhalten, um die Erkenntnis, dass man stärker ist, als man glaubte. Und so macht man weiter – nicht, weil es einfach ist, sondern weil man verstanden hat, dass das echte Wachstum erst dann beginnt, wenn man trotz allem weitermacht.

So langwierig und anstrengend das erste Jahr endete, so unerwartet schnell begann das zweite – ein Jahr, das alles verändern sollte. Hier, inmitten von neuen Herausforderungen und Möglichkeiten, begann eine Phase des Wandels. Beziehungen wurden geknüpft, die sich als tragfähig erwiesen und über die Schule hinaus Bestand haben sollten. Kontakte, die zu Freundschaften wurden, die Halt gaben, wenn alles andere unsicher war.

Nicht nur zu den Mitschülern, sondern auch zu den Lehrern entwickelt sich ein tieferer Kontakt, der weit über die schulischen Jahre hinausreicht. Dieser Lehrer, mit dem man vielleicht nur wenige Jahre zusammen verbringt, entwickeln sich oft zu mehr als nur zu Lehrfigur. Sie werden zu Mentoren, zu Freunden, zu einer Art Familie. Auf den ersten Blick scheint sie wie all die anderen Lehrkräfte, die nach Abschluss der Schulzeit einfach verschwinden werden, aber in Wirklichkeit ist sie so viel mehr. Sie repräsentiert das, was man selbst eines Tages sein möchte – sowohl fachlich als auch menschlich. In ihren Worten und Handlungen sieht man die Weisheit und die Fähigkeiten, die man selbst noch anstrebt. Sie hat ein Level erreicht, auf das man hofft, selbst irgendwann zu kommen. Doch dieser Wunsch, so zu sein wie sie, ist mehr als nur das Streben nach Wissen oder Erfolg. Es ist das Streben nach einer inneren Reife, nach einer Fähigkeit, sowohl als Person als auch als Lehrer authentisch und verständnisvoll zu sein. Die Erwachsene, die sie ist, spiegelt sich in einem selbst wider. Man sieht in ihr das, was man zu sein wünscht, die Version von sich selbst, die man erreichen will. Es ist wie ein Blick in einen Spiegel, der einem nicht nur die eigene Zukunft zeigt, sondern einem auch den Weg dahin weist. Man erkennt, dass wahre Größe nicht in dem besteht, was man hat oder was man erreicht hat, sondern in dem, wer man ist und wie man mit anderen umgeht. Reichtum ist nicht das, was man anhäuft oder besitzt, sondern das, was man in sich selbst findet und anderen gibt. Der wahre Reichtum liegt darin, die Person zu werden, die man sein möchte und es zu schaffen, dieser Person treu zu bleiben, selbst wenn der Weg dorthin ungewöhnlich ist oder man Umwege nehmen muss.

Was in einer einfachen schulischen Begegnung beginnt, mag zunächst wie ein gewöhnlicher Abschnitt der Schulzeit erscheinen, doch tief im Inneren weiß man, dass diese Begegnung mit diesem Menschen etwas bleibendes ist. Man hofft, dass der Kontakt nicht mit dem Abschluss der Schule endet. Und noch mehr hofft man, dass man irgendwann in der Lage sein wird, all das zurückzugeben – die Inspiration, die Unterstützung und die Weisheit, die dieser Mensch einem gegeben hat. Denn in Wahrheit endet die Geschichte nie wirklich. Sie geht weiter, wird tiefere Dimensionen annehmen und die Menschen, die einen geprägt haben, werden immer einen Platz im eigenen Leben haben.

Die Bildung, die früher oft wie eine Pflicht erschien, rückte in den Fokus – nicht mehr nur als Mittel zum Zweck, sondern als Schlüssel für die Zukunft. Man begann zu verstehen, dass das, was man jetzt lernte, die Grundlage für alles sein würde, was noch kommen sollte. Doch während man sich an diesen neuen Rhythmus gewöhnte, zog eine Krankheit auf, die die Welt für immer verändern sollte. Sie kam unerwartet, brachte Unruhe, Unsicherheit und Angst mit sich. Plötzlich standen Masken und Desinfektionsmittel im Mittelpunkt und die Schule, wie man sie kannte, wurde zu einem fremden Ort. Präsenz wurde zur Ausnahme, digitale Klassenräume zur neuen Realität. Die einen versuchten, den Moment zu genießen, fanden Freude an den kleinen Freiheiten, die ihnen geblieben waren und machten das Beste aus einer schwierigen Situation. Die anderen hingegen waren von Unsicherheiten geplagt, voller Angst vor einer Zukunft, die plötzlich so unvorhersehbar erschien. Jeder ging anders mit dieser neuen Realität um, doch eines war sicher: Nichts war mehr wie zuvor.

Irgendwann kehrte die Schule zurück, doch nicht in ihrer vertrauten Form. Der Schulhof, einst ein Ort des Austauschs und der Leichtigkeit, wurde von markierten Abständen und strengen Regeln beherrscht. Masken wurden Teil des Alltags – eine ständige Erinnerung daran, dass die Welt sich verändert hatte. Der Abstand, den man einhalten musste, schaffte gleichzeitig auch eine emotionale Distanz. Wer sich den Regeln nicht fügte, riskierte den Ausschluss – nicht nur aus dem Unterricht, sondern aus einer Gemeinschaft, die ohnehin schon fragil geworden war. Die Klassenzimmer, einst Orte des lebhaften Miteinanders, wurden leiser. Lächeln versteckten sich hinter Stoff, Umarmungen wurden durch vorsichtige Blicke ersetzt und Gespräche, die einst frei flossen, wurden von Misstrauen und Unsicherheit gedämpft.

Es war ein Schuljahr, das von Isolation und Anpassung geprägt war, ein Jahr, in dem die Belastung jedes Einzelnen auf die Probe gestellt wurde. Auch außerhalb Schule in Bus und Bahn war es ähnlich und langwierig. Masken und Abstand waren hier die Norm. So verlief der Alltag – grau, monoton, geprägt von Masken, Abstand und Stille.

Doch dann kam dieser eine Tag, der alles verändern sollte. Es war wie jeder andere Tag: dieselbe Busstation, die man unzählige Male passiert hatte und eine Straße, die man fast schon blind überqueren konnte. Doch an diesem Tag war da etwas anderes – oder vielmehr jemand anderes. Sie. Sie stand da, als wäre sie immer ein Teil dieses Bildes gewesen und doch war sie neu, ein Fremder in einem bekannten Rahmen. Ihre Präsenz war leise, fast unscheinbar und doch fesselte sie den Blick. In diesem Moment ahnte man nicht, dass diese Begegnung – so zufällig und flüchtig sie schien – ein ganzes Leben für immer verändern würde. Mit einem Lächeln auf den Lippen trat sie näher.

„Kommt der Bus bald?", fragte sie, ihre Stimme warm und neugierig. Doch der Bus kam nicht. Er würde auch nicht kommen, denn es war Streik – ein Streik, den man rückblickend nur dankbar begrüßen kann. Was hätte ein fahrender Bus schon bewirkt im Vergleich zu dem, was stattdessen geschah? Das Warten, das eigentlich ein Ärgernis hätte sein sollen, wurde zur Gelegenheit. Es kam zu Gesprächen, zunächst über die offensichtliche Situation, doch bald schon wurde das Gespräch tiefer. Doch wie alles im Leben, konnte auch dieser Moment nicht ewig währen. Jeder hatte seine Pflichten, seine Wege, die weitergingen – Pfade, die voneinander trennen würden.

Schließlich musste der Mut zusammengenommen werden, das Herz schlug schneller, während die Worte sich formten: Eine schlichte Bitte um den Kontaktaustausch. Und sie? Sie nahm es mit einem freundlichen Lächeln an. Die Geste war leicht, fast beiläufig, doch sie trug eine Bedeutung, die mehr wog, als Worte je ausdrücken konnten. In diesem kleinen Austausch lag die leise Hoffnung, dass dies nicht nur ein Moment bleiben würde, sondern der Anfang von etwas Größerem. Ein simpler Austausch, der sich anfühlte wie eine Tür, die gerade einen Spalt öffnete. Als die Busstation später verlassen worden war, war klar: diese Begegnung hatte etwas in Bewegung gesetzt. Die Station, die Straße, der Tag – sie waren nun untrennbar mit ihr verbunden. Fortan konnte man an diesen Ort nicht mehr klar stehen, ohne an das Lächeln und die Worte dieses Morgens zurückzudenken. Man sagt, der Zufall spiele keine Rolle, doch manchmal sind es genau solche Zufälle, die die Richtung eines Lebens bestimmen.

Zuhause angekommen, begann das wahre Drama erst. Die Tür fiel hinter einem zu und der Kopf war voll mit Fragen. Wie geht es jetzt weiter? Was kommt als Nächstes? Was muss getan werden? Die Unsicherheit schlich sich ein, wühlte die Gedanken durcheinander. Das Gespräch an der Busstation, der Moment des Austauschs, der schlichte, aber bedeutungsvolle Schritt – all das war nun Teil der Vergangenheit. Doch was folgte darauf?

Man spürte die Leere, das unbestimmte Gefühl, etwas richtig machen zu müssen, ohne zu wissen, was genau das "Richtige" war. Man hatte einen Schritt gewagt, aber wusste noch nicht, wohin dieser führen würde. Es war, als wäre der Moment nach dem Gespräch in der Luft hängen geblieben und die Fragen, die nie ausgesprochen wurden, warteten darauf, beantwortet zu werden. Doch keine Antwort kam. Die Unsicherheit blieb, nagte an einem. Es gab so viele Möglichkeiten, so viele Wege, doch jeder schien gleichzeitig zu weit entfernt und zu nah. Der Kopf wollte nach vorne schauen, weitergehen, doch irgendwie war man wie in einem Zwischenraum, in einem Stillstand gefangen, der einem das Gefühl gab, nicht vorwärts zu kommen. Es war der Moment, in dem man sich fragte: "Was mache ich jetzt mit all dem?". Überlegungen über Überlegungen, Gedanken, die sich endlos im Kopf drehten, nahmen die Tage mit sich. Doch irgendwann fand man eine Entscheidung, die für den Moment sinnvoll schien.

Eine Überraschung. Es sollte die perfekte Gelegenheit sein, sie wiederzusehen, diesmal unter anderen Umständen, nicht zufällig, sondern geplant. Mit einer Mischung aus Nervosität und Vorfreude machte man sich auf den Weg zu ihrer Schule. Es war ein mutiger Schritt, eine kleine Geste, die mehr von einem selbst verlangte, als man sich eingestehen wollte. Als man an der Schule ankam, war die Menge überwältigend. Hunderte von Schülern strömten aus den Türen, ein Meer aus Gesichtern, die sich in der Menge verloren. Es war unmöglich, jemanden in dieser Masse zu finden. Die Gedanken kreisten: „*Was, wenn ich sie nicht finde? Was, wenn sie nicht da ist?*" Doch dann, plötzlich, war sie da.

Zwischen den vielen Gesichtern, inmitten des Trubels, erkannte man sie sofort. Klein, mit großen Augen, die in der Menge zu leuchten schienen. Ihre Haut schien so rein, als wäre sie von einer anderen Welt und das Lächeln – es war mehr als nur ein Lächeln. Es war eine Art von Ausdruck, die man nicht mit Worten fassen konnte. Es war warm, einladend, ehrlich. Und es war so stark, dass es alles andere um sich herum verblassen ließ.

Mit einem leisen, aber entschlossenen Schritt ging man auf sie zu, das Herz klopfte schneller, als es je zuvor geklopft hatte. Kein Herzmessgerät der Welt könnte dieses Herz erfassen. Es schlug so heftig, dass es schien, als wolle es aus der Brust springen – ein wilder, unbändiger Rhythmus, der sich jeder Kontrolle entzog. Es pochte nicht einfach; es hämmerte, es raste, es schrie. Jeder Schlag war wie ein Ruf in die Dunkelheit, ein Ausdruck von etwas, das Worte nicht beschreiben konnten.

Man sagte einfach: „*Hi, ich bin's.*" Die Worte waren so simpel, aber sie fühlten sich bedeutungsschwer an. Überraschung blitzte in ihren Augen auf und im gleichen Moment konnte man das Zögern spüren – sie war ebenso überrascht wie verunsichert. Es war klar, dass sie nicht wusste, wie sie mit dieser unerwarteten Begegnung umgehen sollte. Die Sekunden schienen sich zu dehnen, bevor sie mit einem Lächeln, das ihre Unsicherheit verbarg, fragte: *„Was machst du denn hier?"*

Die Frage hing in der Luft und für einen Moment war man völlig verloren. Was sollte man antworten? Die Gedanken rasten, aber keine Worte schienen den richtigen Moment zu treffen. Was konnte man sagen, um diese Begegnung in etwas zu verwandeln, das mehr war als ein zufälliges Aufeinandertreffen? Der einzige Wunsch, der in diesem Moment noch zählte, war einfach, sie zu sehen. Ihr Lächeln, das er nie vergessen konnte, ihre Augen, die mehr sagten als Worte es je könnten. Ihre Stimme, die wie Musik klang, deren Melodie er sich immer wieder anhören wollte, als wäre es das Einzige, was ihm Trost spenden konnte. Ihre Anwesenheit war nicht nur spürbar, sie war ein unsichtbares Band, das ihn festhielt, ihn in den Moment zogen ließ. In diesem Augenblick wurde einem klar, dass alles, was man sich gewünscht hatte, nichts Materielles war. Es war kein besitzergreifendes Verlangen, sondern der innige Wunsch, diese Momente zu bewahren, einzufangen und niemals wieder loszulassen. Ihre Anwesenheit war wie ein kostbares Gut, unerschwinglich und doch unmittelbar greifbar. Es war nicht definierbar, was genau sie ausmachte – nicht durch Worte, nicht durch Beschreibungen. Sie war nicht käuflich, sie war nicht in Zahlen messbar. Sie war einfach da, einzigartig und das war genug.

So schnell, wie der Moment gekommen war, so schnell löste er sich wieder in Luft auf. Sie musste gehen, der Alltag hatte sie wieder und der flimmernde Zauber des Augenblicks verflog. „Leider habe ich heute keine Zeit, vielleicht ein anderes Mal," sagte sie mit einem entschuldigenden Lächeln, das mehr Mitgefühl als echte Entschuldigung ausdrückte. Ihre Worte, so freundlich sie auch gemeint waren, hinterließen ein Gefühl der Leere, das sich langsam breitmachte. Der Moment, der für einen Augenblick so viel versprochen hatte, war vorüber und man stand wieder da, allein, mit nichts als den schmerzlichen Gedanken, die in einem kreisten. Die Unsicherheit kehrte zurück – war es wirklich ein echtes Interesse, oder war es nur ein flüchtiger Moment? Ein Teil von einem selbst wollte glauben, dass es mehr war, doch der Zweifel nagte an den Rändern dieser Hoffnung. Man konnte sich nicht helfen, man fragte sich wieder und wieder, ob es einseitig war, ob die Begegnung für sie genauso bedeutungsvoll war wie für einen selbst. Mit dem leisen Gefühl des Ungenügens ging man nach Hause. Der Kopf war voll von Fragen und Überlegungen, was nun zu tun war. Sollte man weiter darauf hoffen, dass sich die Gelegenheit wieder bieten würde? Oder war es klüger, das Ganze einfach loszulassen und nicht weiter darüber nachzudenken?

Doch genau in diesem Moment war es schwer, das Gefühl loszulassen, dass ein unsichtbares Band gezogen wurde, auch wenn es noch so dünn war. Der Gedanke, sie wiederzusehen, war jetzt fest in den Gedanken verankert und die Frage, wie man sie wieder treffen konnte, beschäftigte einen nun ständig. Aber wie konnte man sicherstellen, dass es nicht noch einmal eine flüchtige Begegnung blieb? Ein zufälliges Gespräch, das zunächst belanglos schien, hatte sich zu einer tiefen Verbindung entwickelt, die beide nicht mehr missen wollten.

Doch es folgten mehr Treffen, tägliche Treffen, Treffen die über Jahre gingen. Er war glücklich, glücklich jemanden zu haben, mit dem er alles teilen konnte. Er sah sie als perfekt an, perfekt in jeder Hinsicht. Menschlich perfekt und auch würde er niemals diese Schönheit beschreiben sowie fassen können. Jeder Mann, der ihr weh tat, würde er für immer hassen. Er will nur das Beste für sie und würde dafür alles tun. Alles schien schön und gut, doch wie so oft hatte auch dies seinen Haken. Wieder schlich sich die Frage ein, ob die andere Partei wohl dasselbe dachte, dasselbe fühlte. Diese Unsicherheit fraß sich langsam in die anfängliche Euphorie hinein. Was, wenn all die geteilten Momente und Gefühle nur einseitig waren? Was, wenn die Tiefe, die man selbst verspürte, auf der anderen Seite nicht erwidert wurde? Es war die Angst, die alles überschattete – die Angst, dass man sich täuschte, dass die vermeintliche Verbindung vielleicht doch nicht so stark war, wie man es sich erhoffte. Dieses nagende Gefühl ließ Zweifel aufkommen, Zweifel, die jede Geste, jedes Wort auf die Waagschale legten, in der Hoffnung, einen klaren Hinweis auf Gegenseitigkeit zu finden. Konnte sie ihn mit der gleichen Hingabe lieben, mit der er sie verehrte? Die Unsicherheit nagte an ihm. Er hatte Angst – Angst, dass das, was er für sie empfand, nicht in gleichem Maße erwidert wurde. War er der Einzige, der all diese Gefühle in sich trug? War er der Einzige, der sie so sah, wie er sie sah? Diese Frage schlich sich immer wieder in sein Bewusstsein, vor allem in Momenten der Stille, wenn er versuchte, sich selbst eine Antwort zu geben. Doch die Antwort blieb immer vage, immer unsicher. Es war ein ständiger Kampf mit sich selbst, ein innerer Konflikt zwischen dem, was er fühlte und dem, was er glaubte, dass sie fühlte. Das Bild, das er von ihrer Beziehung hatte, war wunderschön und vollkommen – doch war es wirklich so? Oder war es nur eine Illusion, die er sich geschaffen hatte, um mit der Unsicherheit und den Ängsten umgehen zu können? Der Zweifel blieb ein ständiger Begleiter und die Frage, ob sie dasselbe für ihn empfand, ob sie diese Beziehung genauso wertschätzte, blieb die große Ungewissheit, die er nie wirklich loslassen konnte. Sie war die Konstante in seinem Leben, der Mensch, der ihm Sicherheit und Geborgenheit gab. Er betrachtete sie als perfekt – perfekt in jeder Hinsicht, sowohl menschlich als auch in ihrer äußeren Schönheit. Diese Schönheit war so tief, so strahlend, dass er nie in der Lage gewesen wäre, sie mit Worten zu fassen. Sie war ein unbeschreibliches Gemälde, das vor seinen Augen lebendig wurde. Jeder, der ihr weh tat, jeder, der sie verletzte, war für ihn ein Feind und diesen Feind würde er nie verzeihen. Für sie würde er alles tun – ohne Zögern, ohne Fragen. Er wollte nur das Beste für sie, wollte ihr Glück und ihre Zufriedenheit.

Mit der Zeit wuchs die Verbindung zwischen ihnen und auch die Eltern lernten sich kennen, wussten voneinander. Für ihn war es der perfekte Kontakt, der nun nur noch in Liebe erblühen musste. Er hatte sie so lange bewundert, in all ihrer Pracht, ihrer Schönheit und ihrer unermesslichen Wunderbarkeit. Ihre Worte hatten für ihn den Klang eines Segens und ihre Abwesenheit war wie ein Fluch, den er nicht ertragen konnte. Ihre Hände, die sie ihm reichte, schienen für ihn von unermesslichem Wert, wie Gold, das in keinem Schatzverzeichnis dieser Welt verzeichnet war.

Doch je mehr er sie sah, desto mehr wuchs die Frage in ihm: Ist es das wirklich wert? Sollte er wirklich alles aufgeben, um sich dieser Liebe zu hingeben, nur um eine kleine Chance zu haben, dass das, was er in ihr sah, plötzlich zerbricht? Doch seine Zweifel konnte er nicht länger ertragen. Er wusste, dass er sich irgendwann fragen würde, was gewesen wäre, wenn er den Mut nicht gefunden hätte. Was, wenn er nie erfahren würde, ob sie dasselbe für ihn empfand, oder ob ein anderer Mann in ihr Leben trat, der all das tat, was er sich nie traute? Was, wenn er nie die Chance bekommen würde, seine Gefühle zu zeigen, nur um dann zu sehen, wie jemand anders den Platz einnahm, den er für sich beanspruchen wollte? Er musste es wissen, auch wenn die Unsicherheit ihn quälte. Schließlich wusste er, dass er aus der Vergangenheit gelernt hatte, dass es besser ist, es zu versuchen, als sich später immer wieder die Frage zu stellen, was gewesen wäre.

Eines Abends fasste er all seinen Mut zusammen, sammelte seine Gedanken und traf sich mit ihr. In diesem Moment, in dem alles auf dem Spiel stand, ließ er seine Gefühle freien Lauf. Er sprach von allem, was ihn in den vergangenen Jahren bewegt hatte – vom ersten Blick, der alles veränderte, vom ersten Treffen, das so unschuldig und doch so bedeutungsvoll war, von der ersten Umarmung, die ihm das Gefühl gab, zuhause zu sein, vom ersten Lächeln, das in ihm eine Wärme entfachte, die er nie gekannt hatte. Er erzählte ihr von seinem Wunsch, mehr zu sein als nur ein Freund. Er wollte sie, wollte sie in all ihrer Vollkommenheit, wollte sie an seiner Seite wissen, wollte sie mit all seiner Liebe und Hingabe für sich gewinnen. Alles, was er in diesem Moment wollte, war ihr Glück – es zu seiner Lebensaufgabe zu machen, sie im Glück zu sehen, das wäre für ihn der wahre Segen. Er sprach es aus, so wie er es nie zuvor gewagt hatte und hoffte, dass seine Worte die Brücke wären, die ihre Herzen miteinander verbinden würde.

Doch die Antwort kam nicht so, wie er es sich erhofft hatte. Ihre Worte waren sanft, aber sie trafen ihn wie ein kalter Windstoß. Sie war verliebt, aber nicht in ihn. Die Liebe, die er so leidenschaftlich für sie empfand, war nicht das, was sie für ihn fühlte. Ihre Worte waren freundlich, doch der Schmerz war unüberhörbar. Er war es nicht. Der Mann, den sie in ihrem Herzen trug, war ein anderer. In diesem Moment, als er das hörte, fühlte er sich wie in der Zeit erstarrt. Alles, was er sich erhofft hatte, zerrann vor seinen Augen. Aber auch wenn die Antwort nicht das war, was er sich gewünscht hatte, war er dankbar, dass er endlich wusste, woran er war. Denn nun, mehr denn je, wusste er, dass das Leben nicht immer so verläuft, wie man es sich wünscht.

Und auch wenn dieser Moment schmerzlich war, wusste er tief im Inneren, dass es nur ein weiterer Schritt war auf dem Weg, sich selbst zu finden, um irgendwann die Liebe zu finden, die er verdiente. Er wusste, dass er nun einen entscheidenden Schritt machen musste – er musste beginnen, sich selbst zu finden. Er musste sich all das geben, was er so verzweifelt von anderen gesucht hatte und vor allem musste er lernen, sich selbst zu lieben. Denn die Liebe, die er sich von anderen erhoffte, konnte er nicht von außen erwarten, wenn er sie nicht zuerst in sich selbst entdeckte. Es war der Moment, in dem ihm klar wurde, dass wahre Erfüllung nicht darin lag, von jemand anderem geliebt zu werden, sondern darin, sich selbst zu schätzen und zu respektieren. Nur wenn er sich selbst genug liebte, würde er in der Lage sein, eine Liebe zu empfangen, die auf wahrer Gleichwertigkeit beruhte.

Es war der Anfang einer Reise, auf der er sich selbst neu entdecken musste, seine Stärken und Schwächen annehmen und sich selbst als genug begreifen – unabhängig von der Bestätigung anderer.

Begegnung mit dem Herzen

Nach so langer Zeit fühlt man sich das erste Mal wieder mit etwas konfrontiert, das eigentlich selbstverständlich sein sollte - etwas, das so alltäglich ist, dass es oft unsichtbar bleibt - das Herz. Das Herz, dieser unermüdliche Muskel, der täglich Tausende Liter Blut durch den Körper pumpt, macht plötzlich auf sich aufmerksam. Doch dieses Mal scheint es, als würde es mehr tun, als nur Blut zu bewegen. Dieses Mal pumpt es kein Blut - es pumpt Gefühl. Es war ein Gefühl, das er bisher nur aus dem Fernseher kannte. Ein Gefühl, dass für ihn stets mit Stress und Unbehagen verbunden war. Doch diesmal war es anders. Dieses Gefühl war keine Abstraktion mehr, keine bloße Geschichte auf dem Bildschirm. Es war real. Es war greifbar. Es nannte sich Liebe, doch trug es auch den Namen Schmerz.

Ein Schmerz, der nicht oberflächlich war, sondern tief - so tief, dass selbst die Tausenden Liter Blut, die sein Herz Tag für Tag bewegte, nicht ausreichten, um ihn hinaufzutragen. Er hatte die Kraft, eine ganze Stadt zu füllen - Straßen aus Sehnsucht, Häuser aus Erinnerungen, Plätze aus Hoffnung. Und inmitten dieser imaginären Stadt stand er, verloren, überwältigt von der Größe dieses Gefühls. Zum ersten Mal begriff er, was Liebe wirklich bedeutete. Sie war nicht nur das süße Versprechen von Glück und Geborgenheit, wie es ihm Filme und Serien vorgespielt hatten. Sie war auch das scharfe Ziehen im Herzen, die leise Verzweiflung, die unausgesprochene Angst, jemanden zu verlieren.

Liebe war komplex – ein Geflecht aus Höhen und Tiefen, aus Wärme und Kälte, aus Freude und Schmerz. Es ist, als ob man das Herz zum ersten Mal wirklich spürt. Nicht als Mechanismus, der den Körper am Leben hält, sondern als Zentrum von etwas viel Größerem. Es pocht schwer, fast schmerzhaft, und erinnert einen daran, dass es nicht nur für das physische Überleben da ist. In solchen Momenten wird klar, wie viel das Herz in sich trägt. Es pumpt nicht nur Leben in die Adern, sondern auch Sehnsüchte, Ängste und Hoffnungen in die Seele. Es ist ein Vermittler zwischen dem, was wir fühlen und dem, was wir leben.

Aber gerade diese Begegnung mit dem eigenen Herzen, so schmerzhaft sie auch sein mag, ist ein Schritt zur Heilung. Sie erinnert daran, dass man lebt, dass man fühlt, dass man immer noch die Fähigkeit hat, sich von innen heraus zu bewegen. Es ist ein Weckruf, das Herz nicht länger als Selbstverständlichkeit zu betrachten, sondern es zu ehren – für alles, was es trägt und erträgt.

Auch wenn die Liebe, die nicht mehr gelebt wird, vergangen scheint, verschwindet sie niemals vollständig. Sie existiert weiter – tief in uns als unauslöschlicher Teil unseres Wesens. Doch sie ist nicht nur eine Erinnerung oder ein Schatten dessen, was war. Sie schafft einen eigenen Raum in uns, ein kleines Universum, in dem die Gefühle, Momente und Verbindungen, die sie einst genährt haben, lebendig bleiben.

Denn die Liebe, die wir einmal empfunden haben, ist niemals wirklich verloren. Sie ist Teil dessen, wer wir sind und trägt uns durch die Zeit, wie eine leise Melodie, die nie verstummt. Alles in unserem Leben passiert aus einem bestimmten Grund – einem Grund, der oft jenseits unseres Verständnisses liegt. Wir haben keinen Zugriff darauf, keine Kontrolle, keine Möglichkeit, das Drehbuch zu ändern. Es ist, als ob unser Leben ein Film wäre, dessen Handlung bereits geschrieben ist, während wir nur Zuschauer sind. Wir können nicht eingreifen, nicht zurückspulen und keine Szenen überspringen. Wir sitzen still und beobachten, wie sich die Ereignisse vor uns entfalten, wie sich Höhen und Tiefen abwechseln, ohne dass wir das Tempo oder die Richtung bestimmen können. In gewisser Weise sind wir wie unser eigenes Herz. Es schlägt unermüdlich in unserer Brust, treibt das Leben voran und bleibt dennoch passiv. Es beobachtet, fühlt mit, aber hat keine Macht über unsere Entscheidungen. Es sieht, wenn wir Fehler machen, es spürt die Last unserer Ängste und das Kribbeln unserer Freude, doch es kann uns nicht aufhalten oder lenken. Das Herz bleibt ein stiller Zeuge – immer da, aber nie aktiv eingreifend. Vielleicht ist es genau diese Mischung aus Machtlosigkeit und Möglichkeit, die das Leben lebenswert macht. Denn auch wenn wir keine Kontrolle über das Drehbuch haben, können wir die Schauspieler unseres eigenen Lebens sein.

Und manchmal, in den stillen Momenten, wenn wir auf das Chaos blicken, das hinter uns liegt, erkennen wir, dass selbst die schwersten Szenen einen Zweck hatten – einen Zweck, der uns zu dem Menschen gemacht hat, der wir heute sind.

Begegnung mit Sport

Die Begegnung mit dem Sport war mehr als nur eine Rückkehr zu einer alten Leidenschaft – sie wurde zu einem Wendepunkt, der das eigene Leben auf eine neue Ebene hob. Sich selbst zu lieben, bedeutet oft, tief in sich zu gehen und Veränderungen zuzulassen, sowohl körperlich als auch geistig. Der Sport, der einen schon in der Kindheit begleitet hatte, wurde wiederentdeckt – aber diesmal auf eine ganz andere, intensivere Weise. Er wurde nicht nur zum Hobby, sondern zu einem zentralen Bestandteil des täglichen Lebens. Das Fitnessstudio, das früher nur ein Ort war, den man gelegentlich besuchte, verwandelte sich in eine zweite Heimat. Es wurde zu einem Raum, in dem man nicht nur den Körper stählte, sondern auch den Geist trainierte. Hier fand man Kraft, die weit über das Körperliche hinausging – es war ein Ort, an dem man sich selbst herausforderte, die eigenen Grenzen überschritt und immer wieder neue Ziele setzte. Jeder Schweißtropfen, jedes Muskelbeben wurde zu einem kleinen Sieg. Der Sport war nun nicht mehr nur etwas, das man tat, wenn man Zeit hatte, sondern eine Notwendigkeit, die das tägliche Leben durchzog.

Das Fußballfeld, das ursprünglich als einfache Freizeitbeschäftigung begann, verwandelte sich in einen Ort der Ruhe und des Ausdrucks. Es wurde zu einem „Schlafzimmer", in dem man sich fallen lassen konnte, wo der Alltag keine Rolle spielte und man sich in den Bewegungen des Spiels verlor. Hier war man in seinem Element, fühlte sich frei und lebendig. Jede

Trainingseinheit, jeder Schuss, jeder Pass war ein Ausdruck der eigenen Entwicklung.

Der Sport war nicht nur ein Weg, um den Körper zu formen, sondern auch ein Weg, um innerlich zu wachsen. Es war eine Reise der Selbstentdeckung, bei der man sowohl Stärken als auch Schwächen kennenlernte. Man fand heraus, dass wahre Veränderung nicht nur durch äußere Anstrengungen geschieht, sondern auch durch den mentalen Prozess, sich selbst herauszufordern, den eigenen Komfortbereich zu verlassen und an sich zu glauben. Es war nicht immer einfach, aber genau diese Herausforderungen machten den Weg lohnenswert.

So wurde der Sport mehr als nur eine Aktivität – er wurde zu einem Lebensstil, zu einem Weg, sich selbst zu lieben und zu wachsen.

Diese Entwicklung kam zu einem entscheidenden Zeitpunkt. Nachdem die vermeintlich große Liebe des Lebens zerbrochen war, begann ein neuer Abschnitt – einer, der nicht nur von Schmerz und Verlust geprägt war, sondern von der Kraft der Veränderung. Der Raum, den die Beziehung zuvor eingenommen hatte, wurde plötzlich leer und still, doch anstatt in diesem Vakuum zu verharren, fand man die Möglichkeit, neu anzufangen. Es war, als würde ein unsichtbarer Schalter umgelegt und ein neuer Fokus entstand: die Liebe zu sich selbst und zu dem, was einen wirklich ausmacht und dass man sich zu verändern beginnen musste, vor allem nach intensiven Jahren voller Gefühlen, die alles durchdrungen hatten. Jahre, die von intensiven

Erlebnissen, Höhen und Tiefen geprägt waren, von Momenten der Nähe, aber auch von der schmerzhaften Erkenntnis, dass nicht alles so bleibt, wie es einmal war. In dieser Zeit hatte man viel gegeben, andere in den Vordergrund gestellt, in der Hoffnung, Liebe und Anerkennung zu erfahren. Doch nun war der Zeitpunkt gekommen, sich von diesen äußeren Bindungen zu lösen und zu erkennen, dass wahre Stärke nur von innen kommen kann. Der Sport nahm die Rolle der Liebe an, aber auf eine gesunde, beständige und belebende Weise. Er forderte den Körper heraus, gab dem Geist Struktur und half dabei, neue Ziele zu setzen und zu erreichen.

Durch das Training, das nun täglich ein fester Bestandteil des Lebens war, gewann man nicht nur physische Stärke, sondern auch die Fähigkeit, sich selbst zu verstehen und anzunehmen. Jede Stunde im Fitnessstudio, jedes Spiel auf dem Fußballfeld war mehr als nur eine sportliche Aktivität – es war ein Moment der Auseinandersetzung mit sich selbst und ein Schritt weiter auf dem Weg der Selbstverwirklichung.

So fand das Leben, das von der Vergangenheit gezeichnet war, einen Weg in die Zukunft. Und der Sport wurde nicht nur zu einer Methode des Selbstbewusstseins, sondern auch zu einem Symbol für den Neuanfang, der nach jeder Krise möglich ist.

Begegnung mit Kunst

Die Kunst. Sie ist es, die manchmal eine dunkle Welt erhellt, die uns Hoffnung schenkt und die leisen Dinge lauter macht, als wir es je für möglich hielten. Doch was bedeuten Kunst wirklich? Und kann sie auch anders verstanden werden? Kunst ist vielleicht nicht nur das Gemälde, das an der Wand hängt, oder die Skulptur, die in einem Museum steht. Sie ist mehr als eine Ansammlung von Farben, Formen oder Figuren. Kunst ist Ausdruck, eine Sprache, die jeder anders versteht. Sie kann ein Gegenstand sein, ein Bauwerk, ein Augenblick – oder sogar ein Mensch.

Ja, ein Mensch kann Kunst sein. Ein Mensch, der die Fähigkeit besitzt, unsere Vorstellung von Schönheit, Ausdruck und Emotion neu zu definieren, oft ohne es selbst zu wissen. Er kann mit seinen Gesten, seiner Stimme oder seiner Art, die Welt zu sehen, etwas erschaffen, das uns berührt, inspiriert und verändert. Ein Mensch, der die Kunst lebt, ohne zu begreifen, dass er selbst ein lebendiges Kunstwerk ist. Auch hier, tief in uns, spüren wir es: Es ist der Mensch, der diese Gedanken schon einmal fasste, der diese Wahrheit in Worte kleidete. Es ist dieser eine Mensch, der uns zum ersten Mal glauben ließ, dass Kunst nicht nur in Bildern oder Skulpturen existiert, sondern in einem Menschen selbst. Ein Mensch, der in seiner einzigartigen Weise so viel Farbe in eine manchmal dunkle, graue Welt bringt, dass wir staunend innehalten müssen. Dieser Mensch zeigt uns, dass Kunst nicht starr ist, nicht auf Leinwänden oder in Museen begrenzt. Sie lebt in der Art, wie sie lacht, spricht, denkt – wie sie die Welt sieht und sie uns auf neue Weise zeigt. Durch ihr erkennen wir, dass Kunst ein Atemzug sein kann, ein Blick, ein Moment, der die Zeit stillstehen lässt. Vielleicht ist es genau das, was diesen Menschen ausmacht: sie definiert Kunst neu, oft ohne es zu wissen. Sie lebt sie, verkörpert sie, macht sie greifbar und zugleich unbegreiflich schön. Ihr Dasein allein wird zur Leinwand und ihre Worte, Taten und Emotionen sind die Farben, die alles ausfüllen.

Kunst ist etwas, was uns verbindet, sowohl äußerlich sowie innerlich. Kunst ist lebendig, wandelbar und zugleich beständig. Sie zeigt sich in den Worten eines Liedes, in den Rhythmen eines Tanzes oder in der Stille eines Moments, der die Zeit zu überdauern scheint. Sie zeigt sich nicht nur in Menschen, Worten oder Gemälden – sie lebt auch in Filmen.

Filme, die für uns einen besonderen Wert haben, oft einen, den wir erst auf den zweiten Blick erkennen. Sie sind mehr als Unterhaltung, mehr als bewegte Bilder und Dialoge. Sie werden zu einem Halt, einem Zufluchtsort, einem Anker inmitten der Stürme des Lebens. Ein Film kann uns in eine andere Welt entführen, uns für einen Moment von der Schwere des Alltags lösen und uns in Geschichten eintauchen lassen, die so fern und doch so nah sind. Er wird zu einem Gegenstand der Entspannung, ein Medium, das uns erlaubt, zu träumen, zu fühlen, zu reflektieren. In diesen Momenten verlieren wir uns, um uns am Ende ein Stück weit wiederzufinden. Ein Film kann uns an unsere Vergangenheit erinnern, uns Inspiration für die Zukunft geben und uns dazu bringen, die Gegenwart bewusster zu erleben. Manchmal wird ein Film zu einem Teil unserer Träume, weil er uns zeigt, was möglich ist. Er kann uns Mut machen, unsere eigenen Geschichten zu schreiben, oder uns helfen, in schwierigen Zeiten weiterzugehen. Und manchmal wird ein Film zu einem unsichtbaren Begleiter, ein Echo von Gefühlen und Gedanken, das uns lange nach dem Abspann nicht loslässt. Interessant ist, wie wir durch Filme versuchen, eine gewisse Realität zu erschaffen – eine Realität, die es so gar nicht gibt. Filme sind keine bloßen Abbilder der Welt, wie wir sie kennen. Sie sind eigene Universen, gestaltet von Menschen, die ihre ganz persönliche Sicht auf die Dinge einbringen. Diese Sicht ist geprägt von ihrer Fantasie, ihren Erfahrungen und ihrem Verständnis der Welt – ein Verständnis, das oft anders ist als das, was wir in unserem Alltag erleben. Filme bieten uns eine Flucht, aber auch eine Reflexion. Sie schaffen Welten, die uns träumen lassen und erzählen Geschichten, die uns manchmal näher an die Wahrheit heranführen, als die Realität selbst es vermag. Es ist faszinierend, wie diese künstlichen Realitäten so authentisch wirken können, dass wir uns in ihnen verlieren.

In unserem Kopf bauen wir Brücken zwischen der Welt auf der Leinwand und unserer eigenen. Wir übertragen Emotionen, Gedanken und Ideen aus dem Film in unsere Wirklichkeit, machen sie zu einem Teil unseres Lebens. Filme inspirieren uns, unsere eigene Realität zu gestalten – manchmal sogar, sie zu hinterfragen und neu zu definieren.

Was wir bis dahin nicht wissen, ist, dass er zu einem Teil unserer Zukunft wird. Ein unsichtbarer Begleiter, der uns auf Wege führt, die wir selbst noch nicht erahnen können. Er wird nicht nur in unseren Gedanken verweilen, sondern uns auch helfen, unsere Träume zu erkennen und schließlich zu verwirklichen. In der leuchtenden Dunkelheit eines Kinosaals oder in der Stille eines Abends vor dem Bildschirm fühlen wir uns mit dieser Kunstform universell verbunden. Sie ist ein Teil unserer Vergangenheit, ein Begleiter in der Gegenwart und ein Funken, der in unsere Zukunft hineinscheint.

Begegnung mit der Natur

So grün, wie sie uns erscheint, so grau und düster kann sie auch sein. Die Natur ist ein ständiger Begleiter, eine Kraft, die stets gegenwärtig ist, aber sich immer wieder verändert. Sie ist nichts Statisches, sondern ein lebendiges, atmendes Wesen, das seine eigenen Rhythmen und Geheimnisse in sich trägt. Sie spielt ihr eigenes Spiel, mit ungeschriebenen Regeln.

Die Natur ist nicht einfach etwas, das an einen festen Ort gebunden ist. Sie ist überall – in den großen Wäldern, den weiten Feldern und den stillen Bergen, aber auch in den urbanen Gassen, auf den Dächern und in den kleinen Blumen, die zwischen den Ritzen des Gehwegs sprießen.

Der Ort, an dem du gerade bist und dieses Buch liest, ist genauso Natur wie jeder Wald, jeder Fluss, jeder Berg. Denn Natur ist nicht nur der sichtbare Raum, sondern auch der unsichtbare Atem, der uns umgibt. Du bist in der Natur. Du lebst in der Natur, auch wenn du es nicht immer wahrnimmst. Dein Körper ist Teil dieses großen Ganzen, mit seinen Zellen, die genauso im Einklang mit den natürlichen Prozessen funktionieren wie die Blätter an den Bäumen oder die Wolken am Himmel.

Jeder Atemzug, den du nimmst, ist ein Teil der Natur, jeder Schritt, den du machst, hinterlässt eine Spur in ihr. Du bist niemals getrennt von ihr, auch wenn du dich von ihr entfernt fühlst.

Und doch ist die Natur nicht immer nur ein friedlicher Begleiter. Sie kann auch stürmisch, rau und unberechenbar sein. Sie zeigt uns ihre Dunkelheit, ihre Gier nach Veränderung, ihre

Fähigkeit, zu zerstören, um Neues zu schaffen. Der Regen, der uns erfreut, kann auch den Boden aufreißen. Der Wind, der sanft weht, kann auch als Sturm über uns hinwegfegen.

Auf der einen Seite wird die Natur als ein Ort der Schönheit und Ruhe dargestellt – ein Rückzugsort, der neue Ideen weckt, uns beflügelt und ein Gefühl von Frieden und Geborgenheit vermittelt. Sie ist der Ort, an dem wir uns von den Herausforderungen des Lebens erholen können, der uns mit frischer Energie erfüllt und uns in ihrem Rhythmus zur Ruhe kommen lässt. Sie schenkt uns Momente der Stille, in denen wir uns mit uns selbst und der Welt um uns herum in Einklang fühlen.

Doch die Natur ist nicht nur eine Quelle der Harmonie und Inspiration. Sie trägt auch eine andere Seite in sich – eine Seite, die uns an die zerbrechliche Existenz erinnert, die wir führen. Denn die Natur ist auch verantwortlich für die gewaltigsten Kräfte, die uns in unserer Ohnmacht zurücklassen. Naturkatastrophen, die unsere Mitmenschen auf grausame Weise fordern und die Landschaft in zerstörerische Wunden reißen. Erdbeben, Tsunamis, Hurrikane – all diese unberechenbaren Phänomene zeigen uns, wie klein und verletzlich wir sind, wie die Welt um uns herum in einem einzigen Augenblick in Chaos stürzen kann. Hier ist es wieder die unsichtbare Hand der Natur, die mit einer unvorstellbaren Energie wirkt – eine Energie, die keine Gnade kennt und deren Ursprung wir oft nicht begreifen können.

Sie ist die Macht, die uns die Erinnerung an unsere eigene Endlichkeit aufzeigt, uns immer wieder in den Schatten stellt und uns zwingt, unser Leben zu hinterfragen. Und doch ist es gerade in dieser Erkenntnis, dass wir lernen, den Wert unseres Lebens zu schätzen. Auch wir sind in unserem Leben gewaltigen Naturphänomenen ausgesetzt gewesen – Naturphänomenen, die uns mit ihrer unvorstellbaren Macht und Unberechenbarkeit tief erschüttert haben. Phänomenen, die an Orten stattfanden, zu denen wir eine innige Verbundenheit verspürten, Orte, die für uns von besonderer Bedeutung waren. Diese Orte, die zunächst so stark und unerschütterlich wirkten, so perfekt in ihrer Größe und Majestät, schienen der Menschheit Sicherheit und Geborgenheit zu bieten.

Doch dann, plötzlich, zeigte sich eine andere Seite der Natur – eine Seite, die uns unsere eigene Zerbrechlichkeit auf brutale Weise vor Augen führte. Ein Ort, der so mächtig und von uns als sicher empfunden wurde, stürzte zusammen – im wahrsten Sinne des Wortes. Menschenleben wurden genommen, ganze Gemeinschaften zerstört. Frauen und Kinder, die einst in den gewohnten Rhythmen ihrer täglichen Leben verankert waren, mussten diese Welt und den Ort, den sie Heimat nannten, verlassen. Sie flohen vor der Gewalt der Natur, verloren alles, was sie je besaßen. Die Männer, die zurückblieben, standen oft mit sich selbst und der Frage, wie sie weiter existieren können, angesichts der unfassbaren Zerstörung, die sie erlebten. Die Welt war erschüttert von Trauer, eine kollektive Traurigkeit, die sich wie ein Schatten über alles legte. Die Nachricht von der Katastrophe verbreitete sich schnell und der Wunsch, zu helfen, war groß. Doch der Ort, an dem das Unglück geschah, blieb verschlossen. Er war nicht nur physisch unzugänglich – er war auch emotional und psychologisch unnahbar, eine Grenze, die schwer zu überwinden war.

Doch selbst in dieser Hilflosigkeit begann sich eine andere Art von Hilfe zu zeigen: Der Wille der Menschen, zusammenzuhalten, auch über weite Entfernungen hinweg. Der Glaube an die Verbundenheit, der uns in der Dunkelheit leitet, brachte uns dazu, gemeinsam zu handeln, zu spenden, zu unterstützen – auch wenn wir wussten, dass wir niemals das Unermessliche wiedergutmachen könnten. Wir lernten, dass es Dinge gibt, die außerhalb unserer Kontrolle liegen, dass selbst der mächtigste Ort, der uns so vertraut erscheint, plötzlich unter den Fängen einer unvorhersehbaren Natur zusammenbrechen kann. Doch auch in dieser Unvorhersehbarkeit liegt eine Lektion: dass wir nie wirklich allein sind, dass unser Handeln, unsere Empathie und unser Wunsch zu helfen selbst dann einen Unterschied machen können, wenn der Zugang zu den betroffenen Orten uns versperrt bleibt. Eine große Wunde wurde geöffnet, tief und schmerzhaft und ihre Auswirkungen sind in allen Ecken spürbar.

Zusammen können wir die Wunde nicht nur schließen, sondern sie auch in etwas Neues umwandeln – eine Lektion, eine Erinnerung daran, dass in den dunkelsten Momenten auch ein Funken Hoffnung aufleuchten kann.

Begegnung mit Fehlern

Fehler sind unvermeidbare Begleiter im menschlichen Dasein. Sie existieren, selbst wenn sie nicht sofort wahrgenommen oder anerkannt werden. Fehler sind nicht nur Momente des Versagens, sondern auch Chancen zur Weiterentwicklung. Sie können klein und unbedeutend erscheinen – ein Missverständnis, ein unbedachter Kommentar, eine falsche Entscheidung – aber sie tragen immer auch ihre Folgen mit sich. Diese Folgen können ebenso harmlos wie ein kurzer Streit sein, der nach kurzer Zeit wieder vergessen wird, oder sie können tiefere Wunden hinterlassen, die Jahre brauchen, um zu heilen. Fehler sind jedoch nicht einfach negativ. Sie sind in ihrer Essenz menschlich und bieten oft wertvolle Lektionen. Jeder Fehler birgt die Möglichkeit, etwas Neues zu lernen, die Welt aus einem anderen Blickwinkel zu betrachten oder an sich selbst zu wachsen. Doch dieser Wachstumsprozess ist selten einfach. Oft schmerzt der Weg der Erkenntnis und die Wahrheit über die eigenen Fehler trifft härter, als man es sich gewünscht hätte.

Aber was genau ist ein Fehler? Was ist der Maßstab, an dem man Fehler misst?

Es gibt keine universelle Definition von „Fehler", da sie genauso subjektiv sind wie die Wahrnehmungen und Perspektiven derjenigen, die sie begehen. Ein Fehler für den einen, kann für den anderen eine notwendige Erfahrung sein, die nicht nur unvermeidbar, sondern sogar entscheidend für die eigene Entwicklung war. In diesem Sinne sind Fehler nicht bloß Mängel oder

Misserfolge, sondern auch der Stoff, aus dem Einsicht, Veränderung und möglicherweise auch Reue entstehen.

Hier geht es nicht nur um die Fehler, die uns begegnen, sondern auch um die Art und Weise, wie wir mit ihnen umgehen. Akzeptieren wir sie, lernen wir aus ihnen, oder verleugnen wir sie, bis sie uns einholen? Fehler sind nicht nur die Narben der Vergangenheit, sie sind auch die Wegweiser für die Zukunft. Wer sich seinen Fehlern stellt, der kann sich weiterentwickeln, der kann wachsen – vielleicht auf Wegen, die er sich nie erträumt hätte. Aber wer in der Angst vor Fehlern lebt, der bleibt stehen, gefangen in einem Moment der Unentschlossenheit.

Auch der Mensch, der über manches Leben schreibt, hat Fehler begangen – Fehler, die ihm schwerer wiegen als jede Last, die er je getragen hat. Fehler, die ihn quälen und von denen er weiß, dass er sich niemals ganz von ihnen befreien kann. Doch ob das Nichtverzeihen ein Fehler an sich ist, bleibt eine Frage, die sich vielleicht nur derjenige beantworten kann, der diese Last trägt.

Es gibt Fehler, die notwendig waren, um den Menschen zu formen, der er heute ist – sie sind die Bausteine seiner Entwicklung, die Schatten, ohne die das Licht nicht existieren würde. Aber dann gibt es auch Fehler, die völlig unnötig waren, Fehler, die aus keinem erkennbaren Grund begangen wurden, die einfach geschahen, aus Impuls, Unachtsamkeit oder Unverständnis.

Und hier begegnen wir der unsichtbaren Hand, die unser Leben lenkt – jener großen Macht, die unser Leben so lenkt, wie wir es erstmal nicht verstehen können. Vielleicht sind es gerade diese Fehler, die nicht zufällig geschehen, sondern die uns in eine Richtung drängen, die wir nicht verstehen, aber die irgendwie notwendig scheint. Es ist, als sollten wir durch diese Fehler hindurchgehen, als müssten wir den Schmerz fühlen – nicht den Schmerz des Körpers, sondern den viel tieferen, seelischen Schmerz, der uns immer begleiten wird. Ein Schmerz, der uns an die eigene Unvollkommenheit erinnert und der uns nie wirklich loslässt, egal wie sehr wir ihn zu vergessen versuchen. Reue ist da, tief in uns, wie ein ständiger Begleiter. Sie spricht in den stillen Momenten des Nachdenkens, in der Nacht, wenn der Verstand keine Ruhe findet.

Doch der eigentliche Punkt, an dem Reue zur Qual wird, ist der Moment, in dem man sich selbst nicht verzeihen kann. Das ist der Moment, in dem die Reue nicht mehr einfach nur eine Erinnerung an vergangenes Handeln ist, sondern ein Gefängnis, in dem man selbst gefangen ist. Und so bleibt die Frage: Kann man sich selbst wirklich verzeihen? Und wenn ja, wie? Es gibt Fehler, die sich mit der Zeit klären, die wir verstehen und bei denen wir erkennen, dass sie Teil des Lernprozesses waren.

Aber es gibt auch Fehler, die uns in den Abgrund stürzen, die der Seele schmerzen und die uns auf eine Art verändern, die wir nicht gewollt haben. Fehler, wie das Reduzieren von Menschen auf ihr Äußeres, das Messen ihres Wertes an Dingen, die nicht zählen, wie das Benachteiligen von Menschen, die anders sind, wie das sich nähern von anderen, die es nicht wollten und die damit verletzt wurden. Diese Fehler verfolgen uns, lange nachdem sie begangen wurden und wir erkennen sie erst, wenn es zu spät ist, um sie rückgängig zu machen.

Es sind Fehler, die uns in der Tiefe erschüttern, weil wir wissen, dass wir sie hätten verhindern können, dass wir hätten anders handeln können, doch wir taten es nicht. Tag für Tag quält man sich mit diesen Gedanken, man dreht die Uhr zurück, wünscht sich, man könnte alles ungeschehen machen und doch weiß man tief im Innern, dass das nicht möglich ist. Man grübelt über jede Sekunde, die vergangen ist, über jedes Wort, das gesagt wurde und über jede Handlung, die zu einem weiteren Fehler führte.

Man überdenkt sein gesamtes Leben und fragt sich, ob all diese Fehler nicht das Leben bestimmt haben, das man heute führt. Es ist ein ständiger Kampf, ein Zerren an der eigenen Seele, der sich nie ganz auflöst.

Streng genommen könnte alles ein Fehler sein – auch das Verfassen dieses Werkes. Es ist ein Gedankenkonstrukt, das sich in Worte fasst, eine Geschichte, die auf den ersten Blick vielleicht keinen Sinn ergibt, doch genau darin liegt die Schönheit. Fehler sind nicht immer klar erkennbar, nicht immer sofort als solche zu identifizieren. Sie können bewusst begangen werden, sie können unbewusst passieren und manchmal müssen sie einfach geschehen. Fehler haben ihre eigene Logik, ihre eigene Bedeutung und was wir als Fehler ansehen, ist oft nur ein Schritt auf dem Weg zu etwas Größerem. Das Nähertreten an Fehler ist ein Akt der Reflektion. Sie bieten uns das, was wir eigentlich suchen: die Möglichkeit, uns zu fragen, ob es das Richtige war, was wir getan haben, ob wir es anders hätten machen können und ob wir in der Zukunft ein besseres Urteilsvermögen entwickeln können.

Aber gleichzeitig wissen wir, dass manche Fehler unvermeidbar sind, dass sie Teil unserer Reise sind. Manchmal müssen Fehler begangen werden, um zu erkennen, dass wir uns in eine bestimmte Richtung entwickeln, die uns verändert – auch wenn es schmerzhaft ist.

Sie müssen gemacht werden, wie das Schreiben eines Buches, das in seinen Worten Dinge festhält, die niemals ausgesprochen wurden. Es sind die Gedanken, die tief im Innern verborgen liegen, die niemals ans Licht kommen, die aber dennoch ihren Platz in dieser Welt verdienen. Fehler wie diese – Worte, die nicht gesagt werden, Handlungen, die nicht vollzogen werden – sind nicht immer vergebens. Sie tragen eine Wahrheit in sich, die wir auf die eine oder andere Weise begreifen müssen. Ähnlich verhält es sich mit der Liebe: sie entsteht oft in Momenten, in denen sie nicht ausgelebt werden kann und trotzdem ist ihre Existenz von Bedeutung. Sie ist ein Fehler, der nie zu einem vollständigen Akt wird, doch sie prägt uns, lässt uns wachsen, verändert unser Verständnis von uns selbst und von anderen. Diese unerfüllte Liebe, dieser unausgesprochene Wunsch, gehören ebenso zur menschlichen Erfahrung wie alles andere, was wir tun.

Doch trotz all dieser Gedanken, trotz der Schwere, die Fehler mit sich bringen können, gibt es etwas, das immer bleibt: die Hoffnung.

Hoffnung darauf, dass wir uns selbst überwinden können, dass wir in der Lage sind, nicht nur zu bereuen, sondern auch zu verzeihen. Hoffnung, dass die Wunden, die durch Fehler entstanden sind, nicht für immer Narben bleiben müssen, sondern sich heilen können – wenn nicht vollständig, so doch so weit, dass sie uns nicht mehr täglich quälen.

Und so bleibt, neben der Hoffnung, vielleicht noch etwas viel Größeres: die Möglichkeit, neu anzufangen. Fehler definieren nicht, wer wir sind; sie sind nur ein Kapitel in der Geschichte unseres Lebens.

Begegnung mit der Universität

Und so steht man nun da, nach fast zwei Jahrzehnten – 20 Jahre, die sich anfühlten wie ein flüchtiger Augenblick, wie ein Windhauch, der unmerklich vorüberzieht. 20 Jahre, die genauso schnell vergingen wie ein Teller Essen, der nur wenige Minuten in der Mikrowelle verweilte.

Jetzt, an diesem Punkt des Lebens, steht man an der Schwelle einer Bildungseinrichtung, einer Universität, von der man nie wirklich geglaubt hatte, dass sie Teil des eigenen Weges sein würde. Der Plan war nie, hierher zu gelangen, doch der Weg hat sich verändert, hat sich von einem unscheinbaren Pfad in eine neue Richtung entwickelt. Es fühlt sich an, als hätte das Leben heimlich eine zweite Straße gebaut, eine Abzweigung, die uns unmerklich führte, ohne dass wir es richtig merkten. Diese Straße hat uns nun hierher geführt, auf den Campus der Universität, zu einem Punkt, an dem man nicht nur auf die Vergangenheit zurückblickt, sondern vor allem mit neugierigem Blick in die Zukunft sieht.

Der Schulabschluss ist geschafft, ein Meilenstein, den man überwunden hat, doch das war erst der Anfang. Es war nur der erste Schritt auf einem noch weiten, unbekannten Weg. Jetzt geht es darum, das Lernen auf eine neue Ebene zu heben, die Herausforderungen der höheren Bildung anzunehmen und das zu erfahren, was man sich nie zuvor hätte träumen lassen. Denn jetzt beginnt alles wirklich.

Nichts ahnend betritt man die Einrichtung und merkt schnell, dass dieser Ort sowohl faszinierend als auch seltsam wirkt. Die Struktur ist klar, doch auch beängstigend. Die Räume, die Gänge, die riesigen Hallen – alles scheint wie ein Labyrinth aus Hierarchien und Unterschieden. Es fühlt sich an, als ob hier der Starke überlebt und der Schwache untergeht.

In den großen Hörsälen sitzen viele, aber irgendwie auch keiner wirklich. Menschen sind da, aber ihre Seelen scheinen nicht anwesend zu sein. Jeder scheint mit sich selbst beschäftigt zu sein, gezeichnet von der Müdigkeit, die der Druck des Lebens und der Erwartungen mit sich bringt. Und da stellt sich die Frage: Was bringt sie hierher? Sind sie hier, weil sie wirklich diesen Weg gehen wollen, um der Mensch zu werden, der sie tief im Inneren sein möchten? Oder sind sie hier, weil ihnen von frühester Kindheit eingetrichtert wurde, dass sie dieser „ideale Mensch" sein müssen – ein Mensch, der sie vielleicht gar nicht sind und den sie nie sein wollten?

Die Mensa, ein scheinbar harmloser Ort, spiegelt diese Realität wider. Hier finden sich die Gruppen, die sich aufgrund von Ähnlichkeiten oder Zugehörigkeit zusammenfinden. Die „Starken" und „Schlauen" sitzen beieinander, als ob sie durch unsichtbare Bande verbunden wären, während die anderen, die vielleicht anders sind oder sich in diesem System nicht zurechtfinden, abseits bleiben. Sie essen allein, sprechen wenig und verlassen den Raum genauso still, wie sie ihn betreten haben. Es ist ein fast mechanischer Lauf der Dinge, ein Kreislauf, der sich immer wieder wiederholt und auf eine eigenartige Weise seine eigene Kraft entwickelt.

Doch obwohl alles so wirkt, als ob es festgelegt ist, bleibt in einem etwas Unbestimmtes – der Wunsch, mehr zu erfahren, das Streben nach einem eigenen Platz, einem Raum, der nicht durch gesellschaftliche Regeln oder Erwartungen definiert wird. Es ist der Beginn einer Reise, bei der der wahre Sinn der Erfahrung sich erst mit der Zeit erschließen wird.

Man begegnet der neuen Herausforderung mit einer offenen Haltung und es läuft überraschend gut. Die Mühe, die man sich gibt, bleibt nicht immer beachtet und trotzdem sieht man, wie sich die Anstrengungen auszahlen. Die Selbstständigkeit, die einem dort zugemutet wird, ist einerseits einschüchternd, doch andererseits eine Befreiung. Man ist auf sich allein gestellt, aber vielleicht ist gerade das das Gute daran. Niemand kann einem im Weg stehen, niemand kann einen für Misserfolge verantwortlich machen. Es ist eine Zeit, in der man lernt, sich selbst zu vertrauen und seinen eigenen Weg zu gehen. Und doch, obwohl man sich schnell eingewöhnt und denkt, angekommen zu sein, bleibt ein ständiger Wandel. Denn auch andere Orte, die zuvor als sichere Häfen galten, verändern sich.

Zuhause, dieser Ort, der viele Definitionen in sich trägt – vor allem der Ort, an dem man mit seiner Familie lebt – fühlt sich plötzlich nicht mehr wie ein Zufluchtsort an. Es war immer der Raum, in dem man seine Sorgen ablegen konnte, um sie später wieder mit nach draußen zu nehmen, als wären sie dort nur für einen Moment ruhend. Doch dieser Raum, der einst als Geborgenheit galt, wird nun zum Ort der Störungen. Hier fehlt es an Wertschätzung, an Anerkennung. Ein Ort, an dem man sich nicht mehr als genug fühlt, an dem man nicht mehr für die großen Dinge als fähig erachtet wird. Die Sehnsucht nach einem besseren Leben, nach Veränderung und Wachstum wird nicht verstanden, sondern heruntergespielt.

Das Thema Geld wird immer wichtiger und doch fragt man sich: wo bleibt es eigentlich? Bildung ist plötzlich nur noch zweitrangig, ein weiteres Ziel, das erreicht werden kann, aber nicht unbedingt muss.

In der Familie, besonders bei den Männern, scheint der wahre Wert eines Menschen nur noch am Geld zu hängen. Der Drang nach Wohlstand, nach finanzieller Sicherheit, verdrängt den Wunsch nach persönlicher Erfüllung und geistigem Wachstum. Inmitten dieser Werte verschiebt sich der Fokus. Der Druck, den Erwartungen gerecht zu werden, wird größer und der Raum für die eigene Entfaltung wird enger.

Doch gerade in dieser Veränderung beginnt man zu erkennen, was wirklich wichtig ist: der eigene Weg, der sich von den äußeren Erwartungen zu lösen und die wahre Bedeutung des Lebens zu finden. Es ist ein Moment der Selbstreflexion und der Entscheidung: Wird man sich von den äußeren Stimmen leiten lassen oder wird man den Mut aufbringen, für sich selbst einzustehen? Es ist bemerkenswert, wie tief verwurzelt diese Gedanken und Erwartungen sind. Man fragt sich, ob diese Werte und Überzeugungen tatsächlich so aus der Vergangenheit stammen oder ob es schlichtweg der finanzielle Erfolg ist, der als entscheidend für die Zukunft angesehen wird. In diesem Fall ist es wohl das Erste:

Diese Denkweise wird über Generationen hinweg in der Familie weitergegeben. Es wird einem von klein auf beigebracht, dass der Eintritt in die Volljährigkeit automatisch mit dem Eintritt ins Berufsleben verbunden ist – ohne Ausnahme, ohne Verzögerung. Die Vorstellung, dass man von diesem Moment an bis zur Rente arbeiten muss, ist tief in den Wurzeln der Familie verankert. Der Fokus liegt auf der Verantwortung, früh eine Familie zu gründen, sie zu versorgen und das Lebensziel nie aus den Augen zu verlieren: Arbeit, Sicherheit, und das Streben nach einem soliden, finanziellen Fundament. Persönliche Ziele wie Kreativität, Bildung oder das Streben nach einer erfüllten, individuell gelebten Identität werden in diesem Kontext als nebensächlich oder sogar als unpraktisch betrachtet. Diese Werte und Ideale, die für einen selbst von Bedeutung sein könnten, werden als Luxus abgetan – etwas, das sich nur leisten kann, wer die „grundlegenden" Anforderungen des Lebens bereits erfüllt hat. Ein Studium, ein kreativer Beruf oder der Wunsch, sich intellektuell weiterzuentwickeln, treten in den Hintergrund. Sie dürfen keine Rolle spielen, weil sie nicht in das Bild passen, das von einem erwartet wird. Es geht nicht nur um das Individuum, sondern auch um das Bild der Familie, das nach außen getragen wird. Es ist wichtig, dieses Image zu bewahren, dieses „Erbe" weiterzutragen. Das Bild eines erfolgreichen, hart arbeitenden, verantwortungsbewussten Familienmitglieds muss aufrechterhalten werden, da alles andere als unbeständig oder schwach angesehen werden könnte. Ein Abweichen von diesem Lebensweg, das Verlassen des vorgezeichneten Pfades, könnte als Enttäuschung empfunden werden, als eine Art Schande für die Familie – als jemand, der nicht den Erwartungen entspricht, die über Generationen hinweg gepflegt wurden. In einer solchen Umgebung zu leben, bedeutet, ständig zwischen den eigenen Träumen und den Erwartungen der Familie zu jonglieren. Der Druck, in diese vordefinierten Rollen zu passen, ist erdrückend. Doch irgendwann fragt man sich: ist das wirklich der Weg, den man für sich selbst wählen möchte? Was passiert, wenn man beginnt, die eigenen Wünsche, Ziele und Werte zu erkennen, die nicht in das Bild passen, das einem von außen aufgedrückt wurde? Kann man den Mut finden, diesen Weg zu gehen, selbst wenn er den Erwartungen der Familie widerspricht? Es ist ein schwieriger Prozess, der nicht nur mit der eigenen Identität zu tun hat, sondern auch mit der Frage, ob man in der Lage ist, die alten Muster zu durchbrechen und den eigenen Platz in der Welt zu finden.

Am Ende entscheidet man sich, den eigenen Weg zu gehen, auch wenn dieser nicht mit der finanziellen Sicherheit und den stabilen Voraussetzungen beginnt, die einem früher vorgezeichnet wurden. Der Wunsch nach Glück wird nicht mehr durch materielle Werte oder den traditionellen Erfolg bestimmt, sondern durch eine tiefere Sehnsucht – das Glück, das man im Inneren spürt, das durch Erfüllung, Zufriedenheit und echte Verbindungen zu anderen Menschen entsteht. Der Weg, den man wählt, ist nicht der einfachste, aber er fühlt sich wahrhaftig an. Man entscheidet sich für ein Studium, das zwar auch mit der Aussicht auf finanzielle Sicherheit verbunden ist, aber das nicht das einzige Ziel verfolgt. Der Job, der einem in der Zukunft auf diesem Weg offensteht, verspricht nicht nur ein gutes Einkommen, sondern vor allem die Möglichkeit, etwas zu bewirken. Es ist ein Beruf, der nicht nur von äußeren Parametern wie Gehalt und Karrierechancen geprägt ist, sondern von einer inneren Berufung – dem Wunsch, Menschen zu erreichen, zu inspirieren und zu begleiten. Ja, es ist der Beruf des Lehrers.

Man möchte der Lehrer sein, den man selbst vielleicht nie hatte – eine Person, die nicht nur Wissen vermittelt, sondern vor allem ein offenes Ohr hat, Empathie zeigt und den Schülern hilft, ihren eigenen Weg zu finden. Ein Lehrer, der denjenigen zur Seite steht, die sich in einem System verloren fühlen, das sie nicht verstehen und in dem sie sich nicht gesehen fühlen. Jene, die sich nie trauten, ihren eigenen Weg zu gehen, die sich unsicher sind, wo sie hinwollen und wie sie dorthin kommen können. Man möchte die Person sein, die den Mut hat, den Schülern zu zeigen, dass sie nicht allein sind, dass es immer einen Weg gibt, auch wenn dieser manchmal nicht sofort sichtbar ist. Ein Lehrer ist nicht nur jemand, der unterrichtet, sondern jemand, der Hoffnung gibt, Vertrauen schenkt und die Fähigkeit vermittelt, an sich selbst zu glauben. Vielleicht wird einem dieser Weg irgendwann ein Zuhause bieten, ein Platz der Zufriedenheit und inneren Ruhe. Ein Ort, an dem man sich selbst spüren kann, ohne sich ständig hinterfragt zu fühlen.

Doch dann, wenn die Stimmen von außen wieder laut werden, die einen sagen, dass man viele Jahre verschwenden würde, kehren alte Zweifel zurück. Man fühlt sich plötzlich klein, verloren in einem Meer von Erwartungen, die man nie ganz erfüllen kann und vielleicht auch nicht erfüllen möchte. Der Gedanke, nutzlos zu sein, schleicht sich wieder ein und man fragt sich, ob man überhaupt auf dem richtigen Weg ist. Aber diese Momente sind nur vorübergehend und sie sagen mehr über die Reise als über den tatsächlichen Wert des Ziels.

Heute blickt man zurück und erkennt, dass jeder Schritt auf diesem Weg nicht nur notwendig, sondern auch ein unschätzbares Geschenk war. Der Weg, den man beschritten hat, hat einen nicht nur zu einem besseren Verständnis seiner selbst geführt, sondern auch zu einer tieferen Erkenntnis über das Leben und das, was wirklich zählt. Man hat nicht nur seine Bestimmung gefunden, sondern auch einen klaren Blick auf die Zukunft gewonnen – eine Zukunft, die von persönlichen Zielen, aber auch von den Menschen geprägt ist, die einem auf diesem Weg begegnet sind.

Es sind diese Menschen, die das Leben bereichern, die es lebenswert machen. Man hat sie zufällig getroffen, in der Mensa, in einem Seminarraum, auf dem Campus, vielleicht bei einem flüchtigen Gespräch oder einem Moment der Zufallsgemeinschaft. Und doch, obwohl die Begegnungen oft nicht geplant waren, haben diese Menschen einen unvergesslichen Platz im eigenen Leben gefunden. Sie sind die, mit denen man über die großen Fragen des Lebens spricht, über Ängste, Wünsche und Träume und auch über die Dinge, die einen im Alltag beschäftigen. Es sind Menschen, mit denen man in Räumen sitzt, die einen dazu anregen, Neues zu probieren und Horizonte zu erweitern, die einen an Speiselokale begleiten, in Gespräche vertieft, in denen jeder Bissen mehr ist als nur Nahrung – es ist ein gemeinsames Erlebnis, ein Austausch, der die Verbindung stärkt. Und selbst nach Jahren der Bekanntschaft entdeckt man immer wieder neue Facetten dieser Menschen, ihre tiefsten Gedanken und Entwicklung, wie etwa ihre spirituelle Reise oder die neue Richtung, die sie in ihrem Leben eingeschlagen haben, wie etwa durch äußerliche Veränderungen. Diese Menschen haben nicht nur einen Platz im Leben, sie haben auch einen festen Platz im Herzen. Ihre Präsenz ist nicht nur ein Teil der Reise, sondern auch ein grundlegender Bestandteil der eigenen Geschichte, eine Quelle der Inspiration und des Verständnisses. Sie sind mehr als nur Weggefährten, sie sind die, die einem helfen, die Welt aus einer anderen Perspektive zu sehen, die einem beibringen, dass es mehr gibt als nur das Ziel – es geht um den Weg, die Begegnungen, die Veränderungen, die man zusammen erlebt. Und vielleicht war gerade der Grund, warum man an diesem Punkt des Lebens gelandet ist, der, dass man diese

Menschen treffen sollte. Vielleicht war der Weg zur Universität nicht nur der Beginn einer akademischen Reise, sondern auch der Anfang eines neuen Lebenskapitels, das mit Begegnungen und Verbindungen gefüllt ist, die einem auf eine Weise bereichern, die man sich niemals hätte vorstellen können. Diese Menschen werden immer einen festen Platz in der eigenen Geschichte haben und auch wenn sich Wege im Leben wieder auseinanderführen, wird ihre Präsenz immer dort bleiben – in den Erinnerungen, in den Gesprächen, in den gemeinsamen Momenten. Diese Menschen, haben nicht nur den Wert des gemeinsamen Wachstums gezeigt, sondern auch den Raum geschaffen, in dem neue Begegnungen möglich wurden.

Und so, nach Jahren voller Wandlungen, Veränderungen und tiefgehender Reflexion, trat sie in das Leben – eine neue Begegnung, die trotzdem irgendwie vertraut schien. Sie war da, ein neuer Mensch, aber gleichzeitig so altbekannt, so wunderschön. Als sie am Tisch saß, strahlte ihr Lächeln so viel Wärme aus, dass es fast schien, als würde das Licht draußen verblassen, um ihr Leuchten zu weichen. Trotz der offensichtlichen Schönheit dieses Moments, trotz der Verlockung, sich der Freude hinzuzugeben, hielt man sich zurück. Zu groß war die Angst, erneut enttäuscht zu werden, zu tief war der Schmerz vergangener Erfahrungen, die man nie ganz loslassen konnte. Auch wenn so viele Jahre vergangen sind, so fühlte sich ein Teil von einem immer noch gebunden an die alten, unerfüllten Wünsche und Erwartungen. Man hatte gelernt, dass es in den Tiefen der

Dunkelheit manchmal mehr Klarheit gibt als im grellsten Licht.
Leider ist es eine der großen Schwächen des Menschen, Fehler
zu machen, besonders dann, wenn man sich zu sehr nach etwas
sehnt, von dem man nicht sicher ist, ob es wirklich das Richtige
ist. Der Versuch, sich zu nähern, ohne zu wissen, wie weit man
gehen darf, lässt oft einen inneren Konflikt entstehen, der von
Selbstzweifeln und Unsicherheit geprägt ist. Es ist ein zäher, quä-
lender Prozess, der einem das Gefühl gibt, zwischen zwei Welten zu stecken – einerseits der Sehnsucht nach Nähe, andererseits der Angst vor der Enttäuschung. Der Schmerz, der folgt,
wenn man merkt, dass man etwas falsch gemacht hat, ist tief und
nachhaltig. Besonders für einen Menschen, der viel nachdenkt,
der die Worte und Taten in seinem Kopf immer wieder abwägt
und neu bewertet, wird dieser Schmerz zur ständigen Begleite-
rin. Man kann sich selbst nicht vergeben, man quält sich mit der
Frage, ob man es anders hätte machen können. Es ist, als würde
man in einem endlosen Kreis von Selbstvorwürfen gefangen
sein, der einen immer tiefer in die Traurigkeit zieht. Man fühlt
sich klein und wertlos, als würde man einem Menschen zu nahe
gekommen sein, als hätte man ihn verletzt, obwohl die Absicht
nie war, Schaden zuzufügen.

In diesen Momenten kann man sich nicht in Worte fassen, die
Entschuldigungen bleiben unausgesprochen und das Gefühl des
Versagens wird zu einer Last, die einen fast erdrückt. Es ist ein
ständiges Ringen mit sich selbst, eine innere Zerrissenheit

zwischen dem Wunsch, sich zu entschuldigen und der Angst, alles noch schlimmer zu machen.

So sieht man sie wieder, nach einer Zeit, die wie eine Ewigkeit erschien. Doch in diesem Moment scheint alles stillzustehen – die Welt, die Sorgen, sogar die Zeit selbst. Sie steht da, schöner als jedes Licht, das je erstrahlte und doch so nahbar, so lebendig, als wäre sie selbst der Ursprung all dessen, was leuchtet. Doch ihr Leuchten ist anders. Es ist kein bloßes Licht, keine oberflächliche Erscheinung. Es ist eine Wärme, die das Herz erreicht, ein Funkeln, das nicht nur die Augen erfasst, sondern auch die Seele. Dieses Leuchten scheint das ganze Universum in all seiner Unendlichkeit erhellen zu können. Und doch spürt man, dass sie nicht nur äußerlich erstrahlt. In ihrem Blick liegt eine Tiefe, die von Geschichten zeugt, von Erfahrungen, die sie geprägt haben. Eines ist sicher: dieses Licht wird nicht verblassen. Es wird weiterstrahlen, unaufhaltsam und unvergleichlich und es wird all diejenigen erreichen, die sich in seiner Nähe aufhalten.

Denn sie ist mehr als nur ein Stern – sie ist ein Universum für sich, ein Leuchtfeuer, das Hoffnung und Schönheit in eine Welt bringt, die oft in der Dunkelheit gefangen ist. So endet aber auch dieses Kapitel, das, wie viele andere, anders hätte aufgeschlagen werden können. Vielleicht hätte man mehr Geduld haben sollen, vielleicht hätte man besser auf sein Bauchgefühl hören sollen, aber im Nachhinein scheint alles, was man getan hat, ein Fehler zu sein. Das Licht, das einmal so strahlend war, bleibt an – es ist heller als je zuvor, doch irgendwie bleibt es unerreichbar.

Die Hand, die es greifen könnte, scheint nicht auszustrecken, aus Angst, dass das, was man sich wünscht, niemals erfüllt werden kann. Doch vielleicht ist es genau dieser Schmerz, der einem später die Augen öffnet. Der Prozess des Bereuens und Reflektierens könnte eines Tages zu einem tiefen Verständnis führen, warum bestimmte Dinge geschehen sind. Vielleicht wird man irgendwann die Kraft finden, das Licht doch zu ergreifen, auch wenn es jetzt noch unzugänglich scheint. Vielleicht braucht es nur Zeit, die richtigen Worte und den Mut, das Kapitel nicht mit einem Ende, sondern mit einer offenen Frage zu versehen, die man irgendwann zu beantworten wagt. Und dann wird das Licht vielleicht nicht nur gesehen, sondern auch gehalten.

Das Leben geht weiter und mit ihm auch die eigene Geschichte. Was einst ein unscheinbarer Abschnitt im großen Buch des Lebens war, entfaltet sich nun zu einer der wichtigsten Reisen, die man antritt. Es ist bemerkenswert, wie sich alles auf wunderbare Weise fügt. Der Weg, der zunächst von Zweifeln, Schmerzen und Fragen geprägt war, führt nun in eine Richtung, die nicht nur verständlich wird, sondern auch Sinn macht.

Und so wird die Geschichte zu einem Zentrum des Lebens. Geschichte ist nicht mehr nur ein Fach, das man studiert, sondern eine Leidenschaft, die tiefer geht, als es der bloße Begriff vermuten lässt. Sie wird zu einer Leidenschaft, die das Denken prägt, die den eigenen Blick auf die Welt verändert und neue Perspektiven eröffnet. Es ist faszinierend, wie Geschichte einem hilft, die Gegenwart zu verstehen. Wenn man in den

Geschichten vergangener Zeiten gräbt, entdeckt man Parallelen zu den eigenen Erlebnissen. Man sieht, wie sich menschliche Erfahrungen immer wieder wiederholen, wie Ängste, Hoffnungen und Träume über die Epochen hinweg einen roten Faden bilden, der die Menschen miteinander verbindet. Es wird klar, dass man nicht nur ein Teil der Gegenwart ist, sondern ein Teil einer fortlaufenden Erzählung. Und genau dieser Gedanke gibt einem ein tieferes Gefühl der Zugehörigkeit und Bestimmung. Der Schritt, Geschichte nicht nur als Fach zu sehen, sondern als Berufung, verändert das eigene Weltbild. Man begegnet im Studium der Geschichte nicht nur Epochen, sondern auch Akteuren, die die Welt geformt und verändert haben. Es sind die großen und kleinen Persönlichkeiten, die in ihren Handlungen, Entscheidungen und Ideen die Geschichte der Menschheit lenkten. Professoren erzählen von Menschen, die in den Tiefen der Zeit verschwunden sind und doch wirken ihre Taten bis heute nach. Ihre Geschichten werden lebendig, wenn man sich mit den Quellen beschäftigt, ihre Briefe liest, ihre Entscheidungen analysiert und ihre Beweggründe zu verstehen versucht.

Man beginnt mit einem Namen wie Alexander dem Großen, dessen Leben und Taten als Vorbild für unzählige Generationen von Herrschern und Generälen dienten. Sein Streben nach einem Weltreich, seine unermüdliche Entschlossenheit und seine Vision, Kulturen zu verbinden, haben die Welt geformt und inspiriert. Dann begegnet man Figuren wie Julius Cäsar und Augustus, deren politisches Geschick und Machtstreben das

Römische Reich nicht nur erweiterten, sondern auch grundlegend veränderten. Sie hinterließen ein Vermächtnis, das die Fundamente Europas über Jahrhunderte hinweg prägen sollte. Man schaut weiter in die Geschichte und stößt auf einen Dschingis Khan. Ein Name, der bis heute Ehrfurcht und Furcht gleichermaßen weckt. Dann ist da ein Fatih Sultan Mehmet, der junge osmanische Sultan, der Konstantinopel eroberte, ein tausendjähriges Reich beendete und eine neue Ära der Weltgeschichte einläutete. Mit seinem strategischen Genie und visionären Denken prägte er ein Reich, das Kultur, Religion und Politik über Kontinente hinweg beeinflusste. Die Liste könnte endlos weitergehen – von den Philosophen der Antike über die Künstler der Renaissance bis hin zu den Wissenschaftlern, Entdeckern und Revolutionären der Neuzeit. Jede Epoche ist reich an Persönlichkeiten, die die Welt in ihren Grundfesten erschütterten, sie neu definierten und sie für immer veränderten. Es ist, als würde jeder dieser Menschen ein Kapitel in einem unendlich großen Buch der Menschheitsgeschichte schreiben. Ein Buch, in dem jedes Kapitel von den Handlungen des vorherigen beeinflusst wird, in dem jede Entscheidung und jede Tat die Richtung der Geschichte lenkt. Es ist eine Geschichte, in der jede Seite eine neue Perspektive eröffnet, jede Zeile eine weitere Facette des Menschseins offenbart. Manchmal sind es große, dramatische Wendungen: Revolutionen, Entdeckungen, Kriege. Doch oft sind es auch die leisen Momente, die scheinbar unscheinbaren Handlungen, die die größten Veränderungen bewirken.

Und während man in diesem Buch blättert, fragt man sich unweigerlich: welchen Satz schreibe ich? Welche Spur hinterlasse ich in dieser fortwährenden Geschichte? Denn so wie wir auf die Errungenschaften und Fehltritte der Vergangenheit blicken, werden auch künftige Generationen auf uns schauen. Das Ende dieses Buches bleibt ungewiss, vielleicht wird es niemals geschrieben. Manchmal fühlt es sich so an, als würde man diesen Menschen ganz nahe kommen – als stünde man in einem unsichtbaren Dialog mit ihnen, auch wenn sie längst nicht mehr in dieser Welt weilen. Es ist, als gäbe es eine unsichtbare Verbindung, die Zeiten und Generationen überspannt. Diese Verbindung ist die Geschichte selbst – ein Geflecht aus Erinnerungen, Erzählungen und Spuren, die sie hinterlassen haben. Sie haben uns etwas hinterlassen, das weit über materielle Zeugnisse hinausgeht: ihre Gedanken, ihre Werte, ihre Fehler, ihre Errungenschaften.

Und in dem Moment, in dem wir uns mit ihnen auseinandersetzen, treten wir in diese Erzählung ein. Man beginnt zu begreifen, dass Geschichte nicht nur eine Aufzählung vergangener Ereignisse ist, sondern eine lebendige Brücke zwischen gestern und heute. Die Vergangenheit wird greifbar, wenn man die Geschichten jener erforscht, die in Zeiten von Umbruch und Wandel Entscheidungen getroffen haben. Sei es der Staatsmann, der ein Reich formte, der Philosoph, der neue Ideen in die Welt setzte, oder die namenlosen Menschen, die im Hintergrund die Räder der Geschichte drehten – jede Epoche, jede

Persönlichkeit birgt eine Lehre, einen Impuls, der bis in unsere Zeit reicht. Geschichte lässt uns erkennen, dass wir nicht allein stehen, sondern Teil eines größeren Ganzen sind.

Doch es ist nicht nur die Geschichte, die wir in dieser Wissensstätte erlernen. Es sind nicht nur die Kommilitonen, die in unser Leben treten und Spuren hinterlassen. Diese Einrichtung, die zunächst wie ein reiner Ort der Bildung erscheint, wird durch die Menschen, die sie prägen, zu etwas weit Größerem – zu einem zweiten Zuhause. Es sind nicht nur die Gleichgesinnten, mit denen wir gemeinsam lernen und wachsen, sondern auch jene, die auf einer anderen Stufe der Karriereleiter stehen.

Diese Menschen, die bereits den Weg gegangen sind, den wir gerade erst beschreiten, bringen uns nicht nur Fakten und Epochen näher, sondern öffnen Türen zu neuen Perspektiven. Sie entführen uns in die faszinierende Welt der Frühen Neuzeit und lassen uns erkennen, dass Geschichte nicht nur aus Jahreszahlen und Ereignissen besteht, sondern aus Ideen, Schicksalen und Visionen. Sie teilen mit uns nicht nur ihr Wissen, sondern auch ihre Leidenschaft und Begeisterung, die uns anstecken und antreiben. Bemerkenswert ist, dass diese Personen – trotz ihrer Titel und Positionen – uns auf Augenhöhe begegnen. Sie lehren uns, dass es nicht der Titel ist, der darüber entscheidet, wie man anderen Menschen begegnet, sondern dass es die inneren Werte sind, die wirklich zählen. Mit Professionalität, Empathie und Respekt schaffen sie eine Atmosphäre, die nicht nur zum Lernen, sondern auch zum Wohlfühlen einlädt.

Sie nehmen uns ernst, hören uns zu und motivieren uns, unser Potenzial zu entfalten. Es sind diese Begegnungen, die uns zeigen, dass ein Lehrender mehr ist als nur ein Vermittler von Wissen. Diese Menschen werden zu einem Vorbild, nicht nur in ihrem Fach, sondern auch in ihrer Menschlichkeit. Sie erinnern uns daran, dass Bildung ein wechselseitiger Prozess ist, bei dem sowohl Lehrende als auch Lernende voneinander profitieren und wachsen können. Sie öffnen uns die Türen zu anderen Lehrenden, Menschen, die nicht nur unser Wissen erweitern, sondern unser Denken prägen und unsere Zukunft maßgeblich beeinflussen können. Diese Begegnungen sind oft der Schlüssel zu neuen Möglichkeiten, zu Wegen, die wir allein vielleicht nie betreten hätten. Es sind genau diese Lehrenden, die uns unseren Zielen näherbringen, uns inspirieren und dabei helfen, unseren Horizont zu erweitern und uns auf unserem Weg nach oben zu begleiten. Jeder einzelne Moment, den wir mit ihnen verbringen, jedes Gespräch, ist von unschätzbarem Wert. Diese Interaktionen tragen eine besondere Bedeutung, denn sie sind nicht nur lehrreich, sondern auch richtungsweisend. Sie schaffen Verbindungen zwischen Wissen und Praxis, zwischen Theorie und unseren ganz persönlichen Träumen. Die Zusammenarbeit mit ihnen ist mehr als nur ein akademischer Austausch – sie ist eine Quelle der Motivation und Inspiration. Sie fördern uns nicht nur fachlich, sondern auch persönlich, indem sie uns herausfordern, über uns hinauszuwachsen und uns gleichzeitig den Raum geben, Fehler zu machen und daraus zu lernen.

Es ist eine Beziehung, die auf gegenseitigem Respekt und einem gemeinsamen Streben nach Exzellenz basiert. Man hofft, durch diese Begegnungen und die gemeinsame Arbeit nicht nur fachlich zu wachsen, sondern auch menschlich. Denn oft sind es diese Lehrenden, die uns als Vorbilder dienen, die uns zeigen, wie wir unsere eigene Rolle in der Welt gestalten können. Sie sind diejenigen, an die wir uns wenden, wenn wir Rat suchen, sei es in akademischen Fragen oder in Momenten des Zweifels und der Unsicherheit. Ihre Worte und ihr Verständnis geben uns Halt und Orientierung. Sie erinnern uns daran, dass der Weg des Lernens niemals ein einsamer sein muss – dass wir immer Menschen an unserer Seite haben können, die uns helfen, unser Bestes zu geben und unsere Ziele zu erreichen.

Und so wird aus dem Ort, der anfangs nur ein Gebäude war, ein Raum voller Möglichkeiten, voller Menschen, die uns prägen und begleiten. Wir wünschen diesen Lehrenden, die mit ihrer Hingabe und ihrem Engagement unseren Weg bereichern, nichts weniger als das Beste, denn sie sind ein wesentlicher Teil unseres Lebens und unserer Entwicklung. Sie tragen dazu bei, dass wir nicht nur akademisch, sondern auch persönlich reifen, dass wir unseren Platz in der Geschichte finden – und vielleicht eines Tages selbst zu solchen Menschen werden, die andere inspirieren und unterstützen.

Begegnung mit der Religion

Die Begegnung mit der Religion beginnt oft früher, als wir es wahrnehmen. Jeder Mensch wächst anders auf, geprägt von den Einflüssen, die seine Umgebung bietet. Manche wachsen mit einer Religion auf, die sie lehrt, dass es nur einen Schöpfer gibt – einen wundersamen, allmächtigen Schöpfer, der Himmel und Erde erschuf. Derjenige, der das Universum in seiner unvorstellbaren Perfektion formte, weit über unsere Vorstellungskraft hinaus. Er ist verantwortlich für alles, was jemals existierte, existiert und noch existieren wird.

Andere wachsen mit einer Religion auf, die ihnen erzählt, dass es einen Gott gibt, der auf drei Ebenen existiert – ein Gott, der immer bei uns ist, unabhängig von unseren Taten. Dieser Gott ist ebenfalls Schöpfer von allem, was wir kennen, der Ursprung allen Seins. Er war vor den Propheten da, die wir kennen und ging sogar so weit, für uns zu sterben, um uns Hoffnung und Erlösung zu schenken.

Es gibt unzählige Religionen, jede mit ihrer eigenen Geschichte, ihren eigenen Lehren und Traditionen, mit denen Menschen aufwachsen und ihr Leben gestalten. Und dann gibt es jene, die ohne eine Religion aufwachsen, sich zu keiner bekennen und darin keine Zufriedenheit und Erfüllung finden.

Doch hier geht es um die erste genannte Religion, den Glauben an einen einzigen Gott, den Allmächtigen, der in seiner Größe und Vollkommenheit unvergleichlich ist. Ihn gab es schon immer und seine Worte, die er uns durch Propheten sandte, sind ebenso vollkommen. Sie dienen als Wegweiser für ein Leben, das uns Frieden, Sinn und Glückseligkeit verspricht – nicht nur in dieser Welt, sondern auch im Jenseits.

Diese Religion zeigt uns, dass jeder Atemzug ein Geschenk ist, dass die Welt, in ihrer Komplexität und Schönheit, ein Spiegel seiner Macht und Liebe ist. Sie erinnert uns daran, dass unser Dasein eine größere Bedeutung hat und dass unser Handeln, unser Gebet und unser Glauben uns näher zu ihm bringen. Es ist ein Weg des Vertrauens und der Hingabe. Ein Weg, der uns nicht nur unsere Verbindung zum Schöpfer zeigt, sondern auch die Verantwortung, die wir gegenüber anderen Menschen, der Natur und uns selbst tragen. Ein Weg, der nicht nur Hoffnung auf das Jenseits gibt, sondern auch Anleitung für das Hier und Jetzt – ein Leben in Gerechtigkeit, Barmherzigkeit und Dankbarkeit.

Kennen tun wir diese Religion schon lange, doch sie zu leben, sie wirklich auszuüben – das kommt oft erst spät. Hier, in diesem Leben, wo die Ablenkungen groß sind, wo das Diesseits uns mit seinen Verlockungen umgibt, scheint es manchmal schwer, sich dem zu verpflichten, was wirklich zählt. Religion zu kennen, reicht nicht immer aus. Es erfordert mehr. Es erfordert Hingabe, Disziplin und ein tiefes Vertrauen in das, was größer ist als wir selbst. Sich fünfmal am Tag niederzuknien, die Stirn auf den Boden zu legen und die Nähe zum Schöpfer zu suchen – das ist eine der bedeutendsten Verpflichtungen. Es ist ein Akt der Unterwerfung, aber auch der Befreiung.

Jedes Gebet erinnert daran, dass das Diesseits vergänglich ist, dass unsere wahre Heimat nicht hier liegt, sondern jenseits von allem, was wir greifen oder begreifen können. Die Worte der Botschaft zu lesen, sie zu verstehen, nach ihnen zu handeln und sie fest zu glauben – das ist der Weg, den diese Religion uns zeigt.

Doch oft fühlen wir uns nicht gut genug für diesen Weg. Wir messen uns an einer Perfektion, die uns unnahbar erscheint. Die menschlichen Schwächen, die Fehler, die wir machen – all das lässt uns glauben, dass wir dieser Perfektion niemals gerecht werden können. Manchmal gibt man dem Diesseits mehr Gewicht, als es verdient. Die Welt mit all ihren Versprechungen, ihrem Glanz und ihrer Ablenkung hält uns gefangen. Obwohl wir wissen, dass das Jenseits mit all seiner Pracht und Ewigkeit auf uns wartet, lassen wir uns immer wieder auf falsche Wege führen. Es sind die kleinen und großen Entscheidungen, die wir bewusst treffen, die uns von diesem Ziel entfernen. Die Fehler, die wir wiederholen, obwohl wir wissen, dass sie uns schaden – sie werfen uns zurück und lassen uns an uns selbst zweifeln.

Ist es der Teufel, der uns ins Ohr flüstert? Eine dunkle Kraft, die uns von der Glückseligkeit und dem rechten Weg abhält? Oder sind es unsere eigenen Wünsche, unsere Eitelkeiten, die uns in die Irre führen? Vielleicht ist es beides. Diese Erkenntnis kann erschütternd, aber auch befreiend sein. Sie zeigt uns, dass der Kampf gegen diese Ablenkungen und Verlockungen ein Teil des Glaubenswegs ist.

Der Weg zur Religion ist kein gerader, einfacher Pfad. Er ist voller Stolpersteine, Zweifel und Herausforderungen. Doch jeder Schritt darauf, jede bewusste Rückkehr zum Gebet, jede Entscheidung für das Gute und gegen das Schlechte – all das ist ein Sieg.

Und vielleicht liegt genau darin die Schönheit dieser Religion. Nicht in der Perfektion, die wir niemals erreichen können, sondern in der Bemühung, ihr nahe zu kommen. In dem Streben, in der Reue, im Glauben daran, dass der Schöpfer uns nicht nach unseren Fehlern beurteilt, sondern nach unserem Bemühen, nach unserem Herzen. Denn am Ende wartet nicht die Vollkommenheit auf uns, sondern die Barmherzigkeit des einen, der uns besser kennt als wir uns selbst.

Am Ende bleibt eine Hoffnung – die Hoffnung, eines Tages der Mensch zu sein, der diesem Ideal so nahekommt, wie er es sich wünscht. Der Mensch, der andere so behandelt, wie sie es verdienen: mit Respekt, Mitgefühl und Würde. Der Mensch, der die eigenen Fehler erkennt und bewusst daran arbeitet, sie zu vermeiden, der sich nicht von den eigenen Schwächen entmutigen lässt, sondern in ihnen eine Chance zur inneren Reifung sieht. Es ist ein Weg des Strebens, des Versuchens – ein Weg, der keine absolute Perfektion kennt, doch gerade in dieser Unvollkommenheit liegt die Herausforderung und die Schönheit.

Der Glaube lehrt uns, dass die Perfektion allein dem Schöpfer gehört und doch wird der Versuch, dieser Perfektion näherzukommen, zum höchsten Ausdruck des Glaubens. Es ist ein Streben, das nicht von äußeren Erfolgen oder Anerkennung lebt, sondern von der inneren Überzeugung, dass es nur einen Weg gibt, der zu wahrem Frieden führt. Dieser Weg erfordert Kraft - nicht nur körperliche, sondern vor allem seelische. Es erfordert die Fähigkeit, sich selbst kritisch zu hinterfragen, die Demut, sich einzugestehen, dass man immer wieder scheitert und den Mut hat, dennoch weiterzumachen. Jeder Schritt auf diesem Pfad ist ein Schritt hin zu etwas Größerem: zur Glückseligkeit, die nicht von dieser Welt ist.

Begegnung mit Krieg

Wenn man die schlimmsten und brutalsten Ereignisse in der Geschichte der Menschheit aufzählen müsste, würde der Krieg zweifellos ganz oben auf der Liste stehen. Krieg ist nicht nur ein physisches, sondern auch ein seelisches Trauma, das tiefe Wunden hinterlässt, die oft nie ganz heilen. Es ist eine der finstersten Seiten der menschlichen Geschichte - eine Realität, die so entsetzlich ist, dass man sich wünscht, sie nie erfahren zu müssen. Doch sie ist da, immer wieder, auf immer neue Weise. Krieg bedeutet Verlust. Verlust von Heimat, von Familie, von Menschen, die man liebt. Menschen verlieren ihre Häuser, ihre Erinnerungen, alles, was sie einst als Teil ihres Lebens betrachteten.

Häuser, die einst Schutz und Geborgenheit boten, sind plötzlich Ruinen, vom Feuer und den Bomben gezeichnet.

Dazwischen die Gesichter der Verlorenen - Menschen, die nichts mehr haben als ihre Hoffnung, dass der Krieg eines Tages endet. In den Trümmern und der Zerstörung wird das Leben der Überlebenden zu einer täglichen Qual, in der der Kampf ums Überleben mehr zählt als alles andere. Es gibt keine Sicherheit, keine Perspektive, nur das ständige Gefühl von Gefahr und Verlust. Krieg ist auch eine Geschichte von Gewalt und Grausamkeit. Menschen, die gefoltert werden, die verachtet, schikaniert und zerstört werden. In den Augen derjenigen, die der Gewalt ausgesetzt sind, spiegeln sich Angst, Verzweiflung und der Verlust von Menschlichkeit wider. Manchmal wird der Krieg zu einem Ort, an dem der Mensch seine brutalsten Triebe auslebt, seine moralischen Prinzipien beiseite schiebt und sich in einem Strudel von Rache und Hass verliert.

Der Krieg ist jedoch nicht nur eine persönliche Tragödie, sondern auch ein globales Phänomen, das ganze Nationen betrifft. Staaten und Machthaber streben nach Expansion, nach mehr Land, mehr Ressourcen, nach einer stärkeren Position in einer Welt, die von Macht und Einfluss geprägt ist. Und so entstehen Konflikte, die nicht aus einer natürlichen Notwendigkeit geboren werden, sondern aus einem unstillbaren Hunger nach Macht und Kontrolle. Menschen, die niemals den Krieg persönlich erlebt haben, sind diejenigen, die die Entscheidungen treffen, die das Schicksal vieler bestimmen. Sie handeln aus einer abstrakten Sichtweise der Welt, als sei es nur ein weiteres strategisches Spiel – während auf den Schlachtfeldern die Realität der Zerstörung, des Leids und des Todes das wahre Gesicht des Krieges zeigt. Der Krieg ist die bittere Realität eines unersättlichen Drangs nach mehr: mehr Ressourcen, mehr Macht, mehr Einfluss. Es ist die dunkle Seite des menschlichen Strebens, die sich in Gier und Egoismus äußert. Der Wunsch, das Unmögliche zu erreichen, die Welt zu beherrschen, sie zu verändern und sich über alles zu erheben, führt zu unvorstellbarem Leid.

Und auch beim Schreiben dieses Buches herrscht Krieg – ein Krieg so finster, dass er eine neue Definition von Zerstörung und Leid aufgibt. Ein Krieg, der nicht sofort als solcher wahrgenommen wird, der sich hinter den Kulissen verbirgt, doch dessen Auswirkungen genauso grausam und verheerend sind wie jeder physische Konflikt, den die Menschheit je geführt hat.

Es ist ein Krieg, der nicht nur mit Waffen geführt wird, sondern auch mit Worten, mit Ideologien, mit der Macht von Informationen, die uns in die Irre führen und uns in einen Strudel von Zweifeln und Unsicherheit stürzen. Ein Krieg, der scheinbar einseitig geführt wird, bei dem die Opfer nicht einmal die Möglichkeit haben, sich zu wehren, weil die Angreifer die Kontrolle über die Narrative, über die Wahrnehmung der Welt, übernommen haben. Doch irgendwann wird der Krieg mehr, es wird zu einem Schlachtfeld in dem Menschen ihr Leben verlieren. In diesem Krieg verlieren die Menschen mehr als nur Häuser und Eigentum – sie verlieren ihre Würde, ihre Freiheit und manchmal sogar ihren Glauben an das Gute in der Welt. Sie sind die unsichtbaren Opfer, diejenigen, die im Schatten der Machthaber stehen, die nach immer mehr streben, die nicht genug bekommen und alles tun, um sich selbst an die Spitze der Macht zu setzen. Für sie sind die Menschen nur Mittel zum Zweck – Zahlen in einem System, das einzig und allein ihre eigenen Interessen verfolgt, ohne Rücksicht auf das Leid, das es verursacht. Die Menschen, die in diesem System gefangen sind, verlieren nicht nur ihre materiellen Besitztümer, sondern auch ihre Identität und ihren Wert als Individuen.

Diese Menschen, die bis vor kurzem ein ganz normales und friedliches Leben führten, werden plötzlich entmenschlicht und mit Begriffen belegt, die ihnen jegliche Würde nehmen.

Sie werden nicht mehr als Teil unserer Gemeinschaft angesehen. „*Sie gehören nicht mehr zu uns*", heißt es. Sie werden als anders abgestempelt, als Bedrohung, die es zu beseitigen gilt. Sie werden entwertet, als ob ihr Leben keinen Wert mehr hat. Sie sind nicht mehr Menschen – sie sind Tiere, Ungeziefer, Feinde. Diese Worte, die einst als unvorstellbar galten, werden plötzlich alltäglich und mit jedem gesprochenen Wort wächst der Abgrund, der sie von uns trennt.

Es ist ekelhaft. Einfach ekelhaft, wie schnell der Mensch die Menschlichkeit verlieren kann, nur weil er sich von Angst, Vorurteilen und Hass leiten lässt.

Besonders tragisch ist, dass dieser Krieg die Kinder betrifft – unsere Zukunft. Diejenigen, die noch nicht die Möglichkeit hatten, sich zu entfalten, die in einem Krieg aufwachsen, der nicht nur ihre physische Umgebung, sondern auch ihre psychische Gesundheit zerstört. Kinder, die in Kriegsgebieten leben oder in einem Umfeld, in dem ihnen die Möglichkeit genommen wird, sich zu entwickeln, zu träumen und zu lernen. Sie sind die unsichtbaren Opfer, die unter der Last der Zerstörung leiden, deren Zukunft verbaut wird, weil die Welt ihnen die Chance auf eine bessere Zukunft verweigert. Der Krieg, den wir hier beschreiben, ist nicht nur der klassische Krieg, den wir aus den Schlagzeilen kennen, sondern auch der stille, subtile Krieg, der sich in den Ecken der Gesellschaft abspielt. Es ist der Krieg der Ungerechtigkeit, der Missachtung, der Ignoranz gegenüber denen, die nicht die Macht haben, sich zu wehren.

Es ist der Krieg der Ungleichheit, der dazu führt, dass ganze Bevölkerungsgruppen in Armut leben, dass ganze Nationen in Schutt und Asche gelegt werden, während die Wenigen, die an der Macht sind, weiter ihre Position festigen und ihren Hunger nach Kontrolle stillen. Je weiter dieser Krieg voranschreitet, desto schlimmer wird es. Die Spaltungen werden größer, die Wunden tiefer, die Hoffnung schwindet. Wir sehen eine Welt, in der das, was uns einst als selbstverständlich erschien – Frieden, Sicherheit, Gerechtigkeit – zunehmend zu einem ferneren Traum wird.

Die Antwort auf diesen Krieg ist nicht in Gewalt zu finden, sondern in der gemeinsamen Hoffnung auf Veränderung. Wir haben die Wahl, unsere Zukunft zu gestalten und den Weg für eine bessere Welt zu ebnen, in der die Menschen nicht nur als Zahlen existieren, sondern als Wesen, die in ihrer Vielfalt respektiert und geschätzt werden.

Begegnung mit Hoffnung

Überall, wo Dunkelheit herrscht, gibt es auch ein Licht, das uns Hoffnung schenkt. Hoffnung auf Veränderung, auf etwas Besseres, auf einen Neuanfang. Hoffnung ist ein Begriff, den wir tagtäglich verwenden, oft ohne darüber nachzudenken, wie tief er eigentlich in unserem Leben verankert ist.

Es ist die Hoffnung, die uns dazu bringt, nach einer Klausur auf das Beste zu hoffen, auf eine gute Note, oder sogar einfach darauf, zu bestehen. Diese Form der Hoffnung ist greifbar, ein Ziel, das wir erreichen möchten, ein kurzer Moment des Wartens, der uns motiviert.

Doch Hoffnung kann auch eine tiefere, existenziellere Bedeutung haben. Sie tritt in den Vordergrund, wenn wir durch schwierige Zeiten gehen. Hoffnung wird zum Trost in der Dunkelheit eines Krieges, einer Trennung, einer Krankheit – sie ist das, was uns durch die schlimmsten Zeiten trägt, der Glaube, dass es irgendwann ein Ende gibt, dass es irgendwann wieder besser wird.

Aber Hoffnung kann noch mehr sein als nur die Aussicht auf eine Verbesserung in der Gegenwart. Sie kann sich auch an Orten manifestieren, die weit über unserer Vorstellungskraft liegen, jenseits dessen, was wir mit unseren Augen sehen können. Es gibt Menschen, die in der Hoffnung auf ein Leben nach dem Tod Trost finden. Der Tod ist ein Mysterium, das wir nie vollständig verstehen können, ein Szenario, das in seiner Endgültigkeit so unvorstellbar bleibt, dass es uns nur mit Fragen zurücklässt. Niemand kam je vom Tod zurück, um uns zu erklären, was danach passiert. Aber trotz dieser Ungewissheit gibt es die Hoffnung, dass der Tod nicht das Ende ist. Für viele ist es die Hoffnung auf einen besseren Ort, einen Ort der Ruhe und des Friedens, an dem Gerechtigkeit herrscht. Ein Ort, an dem die Menschen, die im Diesseits durch Macht und Korruption das Leben anderer zerstören, schließlich mit den Konsequenzen ihrer Taten konfrontiert werden. Hier wird die Hoffnung zur Quelle des Trostes für jene, denen im Leben Unrecht widerfahren ist. Es ist der Glaube, dass auf der anderen Seite des Todes eine gerechte Welt wartet, in der die Leiden derer, die in dieser Welt missbraucht wurden, auf irgendeine Weise gesühnt werden.

Auch wir empfinden Hoffnung. Hoffnung, dass die Menschen, denen wir Unrecht getan haben, eines Tages die Reue erkennen, die wir tief in uns tragen. Wir hoffen, dass sie fühlen können, was wir fühlen – dass sie die Wunden sehen, die unsere eigenen Fehler hinterlassen haben. Es sind diese Menschen, die wir enttäuscht haben, denen wir Schmerz zufügten, die wir vielleicht unwissentlich aufs Tiefste verletzten. Wir hoffen, dass sie eines Tages verstehen, wie tief in uns die Narben reichen.

Doch die Trauer und die Schuld in uns, tragen wir oft mit einem Lächeln – einem Schutzschild, dass die wahre Tiefe unseres inneren Kampfes verbirgt. Worte scheinen unzureichend, Gesten sind zu schwach, um zu zeigen, wie tief der Schmerz wirklich reicht.

Manchmal fühlt es sich an wie ein bodenloser Abgrund, ein schwarzes Loch, dass bis zu 100 Jahre tief geht, in das wir immer weiter fallen, ohne Aussicht auf ein Ende. Unten angekommen, scheint das Licht, das uns retten könnte, so fern, dass wir zweifeln, ob es überhaupt existiert. Wir sind umgeben von Dingen, die uns angeblich glücklich machen sollen – aber die Freude bleibt aus, weil wir vergessen haben, was wahre Glückseligkeit bedeutet.

Doch die Hoffnung bleibt. Sie ist der leise Funke, der uns antreibt, uns an die Oberfläche zu kämpfen. Es ist die Hoffnung, dass wir durch unsere Handlungen einen Unterschied machen können. Die Hoffnung, dass die Bücher, die wir schreiben, neue Perspektiven eröffnen. Die Hoffnung, dass die Träume, die wir verfolgen und verwirklichen, uns wieder mit Leben erfüllen. Und die Hoffnung, dass die Liebe wahrgenommen und gelebt wird.

Begegnung mit einem neuen Zuhause

Zeit vergeht, Begegnungen verblassen und die Welt verändert sich. Mit ihr verändert sich auch, wie wir Begriffe verstehen – und einer dieser Begriffe ist „Zuhause". Es ist ein Wort, das uns ein Leben lang begleitet, ein Konzept, das sich ständig wandelt und neu definiert wird. Früher war „Zuhause" ein klarer Ort: das Haus der Eltern, der Platz, an dem man schlief, fernsah und die Geborgenheit der Kindheit erlebte. Ein sicherer Hafen, fest verankert in der Erinnerung. Doch mit der Zeit hat sich dieser Begriff verändert. Zuhause ist nicht mehr nur ein physischer Ort, sondern ein Gefühl, ein Zustand, eine Verbindung. Es ist nicht mehr ausschließlich an Wände, Räume oder Adressen gebunden. Zuhause ist dort, wo man sich lebendig fühlt, wo man wirklich sein kann, wer man ist – ohne Masken, ohne Rollen. Es ist die Universitätsbibliothek, in der man stundenlang zwischen den Regalen sitzt und die Welt durch Bücher entdeckt. Es sind die endlosen Gespräche mit Menschen über Geschichte, Philosophie und das Leben, Gespräche, die die Zeit vergessen lassen. Es ist das Kino, in dem man für zwei Stunden in eine andere Welt eintaucht und doch etwas über sich selbst lernt. Es ist der Fußballplatz, auf dem jeder Torschuss nicht nur ein Spiel, sondern auch den Alltag ein Stück leichter macht. Und vor allem ist Zuhause auch bei den Menschen, mit denen man eine Verbindung spürt, die tiefer reicht als Worte.

Es sind die Menschen, die einem das Gefühl geben, angekommen zu sein. Freunde, die zu Familie werden. Mentoren, die nicht nur lehren, sondern inspirieren.

Doch auch kann Zuhause ein Ort werden, der uns erschüttert. Ein Ort, der uns nicht nur emotional berührt, sondern uns manchmal bis ins Herz trifft. Es ist der Ort, der uns traurig machen kann, der uns in eine Dunkelheit zieht, die schwer zu begreifen ist. Zuhause kann uns an den Rand eines Abgrunds führen – ein Abgrund, der so tief ist, dass Worte ihn nicht zu fassen vermögen.

Wir wollen fliehen, uns befreien von diesem Ort, der so fremd und kalt geworden ist. Doch oft bleibt uns keine Wahl. Manchmal müssen wir uns unserem Zuhause stellen. Es fordert uns heraus, zwingt uns, uns mit seinen Rissen und Narben auseinanderzusetzen. Es ist ein Kampf – ein Kampf, der oft leise, unsichtbar und dennoch unendlich schwer ist. Zuhause ist nicht immer ein Geschenk, sondern eine Aufgabe. Eine Baustelle, die Geduld, Zeit und Kraft erfordert. Wie eine Wohnung, die in Trümmern liegt, deren Wände eingerissen und Fenster zerschlagen wurden, bedarf auch ein zerrüttetes Zuhause einer neuen Gestaltung.

Es ist harte Arbeit, die alten Mauern wieder aufzubauen, sie mit Farben, Wärme und Leben zu füllen. Doch irgendwann, nach Monaten oder vielleicht Jahren, blickt man zurück und erkennt, dass die Wände nicht mehr dieselben sind.

Sie sind stärker, fester und tragen die Spuren von allem, was man investiert hat. Erst wenn dieses Werk vollbracht ist, wenn das Zuhause sich nicht mehr wie ein Gefängnis, sondern wie ein Rückzugsort anfühlt, kann der innere Frieden Einzug halten.

Manche Menschen versuchen, ihr Zuhause in Worten zu finden, indem sie Bücher schreiben. Sie greifen zu Stift und Papier, getrieben von einem inneren Bedürfnis, das sie selbst kaum in Worte fassen können. Oft geschieht dies in Momenten, in denen sie sich an einem psychischen Abgrund befinden – unsichtbar für die Außenwelt, die sie für glücklich hält. Sie tragen ein Lächeln zur Schau, während sie innerlich zerbrechen. Schreiben wird zu ihrem Zufluchtsort, zu einem Versuch, Ordnung im Chaos zu schaffen und die Leere in sich zu füllen. Sie suchen nach etwas, das ihnen fehlt, nach einem Ort oder einem Gefühl, das ihnen Sicherheit und Geborgenheit gibt. Doch manchmal ist das, wonach sie suchen, so schwer zu greifen, dass es sich wie ein Schatten verhält – immer da und doch unerreichbar.

Sie schreiben, weil sie hoffen, dass sich durch die Worte ein Weg auftut, dass der Stift ihnen Antworten gibt, die sie im Leben nicht finden konnten. Doch manchmal bleibt die Suche erfolglos. Vielleicht, weil das, was sie suchen, nie für sie bestimmt war. Manche Menschen mögen ihr Zuhause nie finden. Doch vielleicht ist es genau dieser Suchprozess, der ihnen zeigt, dass es nicht das Finden, sondern das Gestalten ist, das die Lücke in ihrem Leben schließt.

Manchmal ist Zuhause in einem einzigen Blick, einem Lächeln, das die Welt erhellt. Vielleicht ist es genau das, wonach wir ein Leben lang suchen: Diese Definition von „*Zuhause*", die uns Frieden bringt. Denn Zuhause ist kein endgültiges Ziel, kein fixer Punkt, sondern eine Reise. Es ist ein Begriff, der sich mit uns verändert, der sich unseren Bedürfnissen, Träumen und Begegnungen anpasst.

Vielleicht, nur vielleicht, ist Zuhause weniger ein Ziel und mehr ein Geschenk, das man jeden Tag aufs Neue entdecken darf. Oder eine Begegnung, die man neu entdeckt – eine Begegnung, die mehr auslöst, als man es je für möglich gehalten hätte.

Eine Begegnung wie der Tod, der bereits im Vorwort angekündigt wurde, doch noch nicht eingetreten ist, erinnert uns daran, dass der letzte Satz dieses Buches noch nicht geschrieben ist. Eine Begegnung, die zunächst wie ein Zufall erscheint, nur um sich dann als etwas zu entpuppen, das tiefgreifender ist, als Worte es beschreiben könnten.

Und genau hier, beim Schreiben, wird einem klar, dass es die eigene Geschichte ist, die man verfasst. Adieu.

Danksagung

Mit diesem Einsteigerwerk möchte ich allen danken, die als Mensch, Persönlichkeit oder Unterstützung stets ein Teil meines Lebens waren. Menschen, die an mich geglaubt haben, auch wenn ich selbst es manchmal nicht konnte und die durch ihr Handeln gezeigt haben, dass wahre Unterstützung nicht laut sein muss, sondern sich oft in den kleinen Gesten des Alltags zeigt.

Mein besonderer Dank gilt auch jenen, die – bewusst oder unbewusst – versucht haben, mein Leben in eine negative Richtung zu lenken. Denn gerade durch diese Herausforderungen konnte ein Prozess in Gang gesetzt werden, der fortläuft und der irgendwann enden wird.

Schließlich danke ich mir selbst, dass ich die Geduld hatte, meiner eigenen Psyche monatelang neu zu begegnen, um dieses Werk zu vollenden. Es war ein neuer Weg, der sich schlussendlich traf…

© 2024 Alper Atay
Verlag: BoD · Books on Demand GmbH, In de Tarpen 42,
22848 Norderstedt, bod@bod.de
Druck: Libri Plureos GmbH, Friedensallee 273,
22763 Hamburg
ISBN: 978-3-7693-5401-0